短篇小说集

孤独的双人沙发

[日] 石田衣良 著

冯晶 译

ラブソファに、ひとり

青岛出版集团 | 青岛出版社

LOVESOFA NI HITORI

©Ira Ishida 2012, 2015

First published in Japan in 2012 by KADOKAWA CORPORATION, Tokyo.
Simplified Chinese translation rights arranged with KADOKAWA
CORPORATION, Tokyo through CREEK & RIVER Co., Ltd.

山东省版权局著作权合同登记号 图字：15-2022-142 号

图书在版编目（CIP）数据

孤独的双人沙发 /（日）石田衣良著；冯晶译 .
青岛：青岛出版社，2024. — ISBN 978-7-5736-2541-0

Ⅰ. I313.45

中国国家版本馆 CIP 数据核字第 202415P4E4 号

书　　名	GUDU DE SHUANGREN SHAFA **孤独的双人沙发**	
著　　者	[日]石田衣良	
译　　者	冯　晶	
出版发行	青岛出版社	
社　　址	青岛市崂山区海尔路 182 号（266061）	
本社网址	http://www.qdpub.com	
邮购电话	0532-68068091	
策　　划	杨成舜	
责任编辑	曹红星	
特约编辑	贺树红	
封面设计	光合时代	
照　　排	青岛可视文化传媒有限公司	
印　　刷	青岛双星华信印刷有限公司	
出版日期	2024 年 8 月第 1 版　2024 年 8 月第 1 次印刷	
开　　本	32 开（787 mm×1092 mm）	
印　　张	5.5	
字　　数	80 千	
书　　号	ISBN 978-7-5736-2541-0	
定　　价	39.00 元	

编校印装质量、盗版监督服务电话　4006532017　0532-68068050

目录

孤独的双人沙发　　/ 001
午夜后的一秒钟　　/ 029
洗手盅　　/ 047
梦香　　/ 059
金子般的心　　/ 079
23点的书店　　/ 113
龙与花　　/ 121
魔法按钮　　/ 139
后记　　/ 165

孤独的双人沙发

眼前堆着数十页文书。

对面坐着一位中年银行职员，脸上挂着职业的微笑，无名指上戴着一枚失去光泽的戒指，貌似已经结婚了吧。一看就无趣得很，一身高级西装也掩饰不住身上的土气，这不是她喜欢的类型。上尾理沙子从挎包里拿出姓名章和签字笔。笔来自德国，是大学时代的好友去欧洲旅游时捎回的礼物，她很是中意。

"您携带身份证明了吗？"

"忘记拿出来了。"理沙子慌忙取出印有区政府标志的信封。银行职员核验了里面的材料。

"好的，可以了。接下来，请在这份文件上签字并盖章。写错了也没关系，盖上修正章就行，您慢慢写就好。"

难道会有人把自己的名字和住址写错吗？就在

理沙子心里冒出"别把人当傻子"的念头的一瞬间，她就写错了一个地方。办理住房贷款需要填写海量的资料，每一份上面都必须认真地签名。可签着签着，就连自己都不明白在做些什么了。不知道有没有人办着办着就精神崩溃的？她甚至突然间连理沙子这个名字都感到很陌生了。这是谁？这真的是自己的名字吗？

理沙子暂时放下了手中的笔。

她环视四周。这里是位于新宿车站站前的某城市银行的会议室。房间相当宽敞、气派。不知何故，窗边除了一块白板，还装饰着一个大大的挂盘。挂盘有双手环抱那么大，上面满是大朵大朵的白菊花。或许是支行长的嗜好吧。除理沙子之外，还有几拨客户正在与贷款合同鏖战。屋里摆着好几张长方形的桌子，每张桌子后面都有一个像监考官似的银行职员。

几乎所有来签约的客户都是夫妻。虽说经济不景气，可如今仍然有这么多买房的人。令人吃惊的是，既有年轻人，也有上了年纪的人。另一个像理沙子一样独自来办手续的，是一位看起来比她大十几岁的女士。理沙子目不转睛地盯着她。看着孤身一人来买房子的女人，理沙子就像看到了镜子中的自己，不禁悲从中来。

难得赶上周六。在协议书上签字是个大工程，把人累得肩膀僵硬。理沙子打算办完事后，去附近吃点好吃的东西。

三十分钟后，理沙子返回了新宿车站南口。

风依然有些凉意，但阳光却暖暖的。东京的樱花在两周前就已经凋谢了，满街都冒出了嫩绿的新叶。为了今天这个日子，理沙子特意穿了一件新风衣。风衣的颜色是淡淡的浅蓝，很像今年流行的果冻色。理沙子想未来一段时间内不能再把钱花在衣服、包包和鞋子上了。这是拜刚刚背上的25年的住房贷款所赐。

在银行的时候，理沙子感觉肚子很饿，但一出门就感觉没那么饿了。街边有家卖甜甜圈的小店，她点了甜甜圈和牛奶咖啡打发了午饭。理沙子原本以为自己吃什么都不会胖的，可过了30岁以后，体质也发生了变化。不仅吃什么都胖，而且无论怎么运动体重都减不下来。理沙子决定走路去那家提前看好的位于西新宿的家具店。春风摩挲着她的后背，舒服极了。还算宽敞的一室一厅的公寓到手了。如果在现在的这家公司干到退休的话，这套房子就自动归她所有了。总算不必为晚年的住所而操心了。

理沙子心里默念，岂止是工作，就连人生的后半辈子都有着落了。于是，她精神抖擞地从大厦底下穿过。

这家外资家具店里陈列的家具款式上乘，价格更是卓尔不群。毕竟好东西要配好价格，家具更是充分印证了这一点。下个月搬家，理沙子打算把现在正用着的家具也搬过去。沙发已经相当旧了，所以想添置新的，但也不会刻意打肿脸充胖子。沙发是客厅的主角，所以不能太将就。公寓的面积并不很大，必须露出客厅里铺设的中意的原木地板。自己喜欢的家具可以留待日后慢慢购置，理沙子不想一下子添置太多的东西。

今天重点挑选桌布和靠垫，还要买少量的西式餐具和刀叉。对现在的理沙子来说，这些东西还是买得起的。请朋友来做客的时候，理沙子希望能用新餐具来迎接她们。

在货区的一角，她发现了那个沙发。

昏暗的灯光下，一个红色皮革的单人沙发闪亮登场。那犹如熟透的果实般深邃的红色特别显眼。沙发填充得满满当当，款式是带点儿圆圆的感觉的古典款，正适合理沙子这种不喜跟风的人。一个同样款式的双人沙发摆在旁边。

说不出什么原因，理沙子很喜欢这个双人沙发。

往上一坐，皮革的手感和腰部陷下去的程度都恰到好处。必是欧洲产的无疑了。美国沙发太软，身体会整个塌陷进去。理沙子从桌子上拿起树脂材质的价格表。价格竟然比预想的便宜两成。丹麦制造也是一个加分项。理沙子的目光无意中停留在了注意事项上：

"同样款式的也备有三人沙发。"

单人沙发只是一个人坐的沙发。

三人沙发是三个人坐的沙发。

夹在二者之间的，便是双人沙发。

不知何故，只有双人沙发叫爱情沙发。

单人沙发和三人沙发上都没有爱相随，但双人沙发就自动变成了爱。她想象着一个人坐在双人沙发上的自己，身边仿佛坐着人形的空气。

理沙子起身时，几乎要晕倒在这家高端的家具店里。她想起了刚才的那间会议室。里面有好几对夫妻。看样板房的时候，决定买公寓的时候，办理贷款的时候，大家都是出双入对，有商有量的。说不定也会吵架。但是，万事靠自己的理沙子和那些有爱的人们是不一样的。

就在这一刻，理沙子突然想结婚了。

此时的她想立刻结婚，不管和谁都行。

这是一股如同从体内熊熊燃烧的强烈愿望。

哪怕有了自己的房子，也难以忍受一个人生活了。实际上，这是理沙子第三次"恨嫁"了。

"所以呀，结婚并没有那么好。"

这是公司附近的一家意大利餐厅。理沙子喜欢二楼角落的一张桌子，透过窗子往下看，能看到走在路上去吃午饭的人们。为什么工薪族外出吃午饭的时候，都趿着一双松松垮垮的休闲凉鞋呢？真不讲究。和理沙子同年进公司的谷川美加一边卷起一根罗勒番茄意面，一边说：

"每天面对着同一张面孔，新鲜感烟消云散，对话也越来越少，结婚可不像表面看起来那么美好浪漫呀。"

理沙子点的是香辣茄汁意面。她喜欢吃辛辣刺激的食物。

"喂,我也想这样说一次呢。结婚根本不是什么大不了的事,爱马仕的柏金包不过就是一个包包。只有拥有这些的人,才能气定神闲地说出这些话啊。"

美加一脸困惑。看到她眼角的皱纹,理沙子吃了一惊。想当年入社典礼上坐在自己旁边的美加,是一个开朗爱笑的女孩,哪怕是笑得花枝乱颤脸上也不会出现皱纹。理沙子想到自己的眼角也一定刻上了深沟,想来令人不寒而栗。

"话虽这么说,但结婚可不是什么好事呢。我已经烦透了。"

这话从结婚已进入七年之痒的美加嘴里说出来,肯定有她的道理。

"我明白呀。你是想说你也是水深火热吧?但至少也是两个人的地狱呀。我前几天读了本女性杂志……"

"上面怎么说?"

"据说女性过了35岁,市场价值就会急速消失。实际上,好像过了这个年纪还能结婚的比例只有百分之几。"

"有种愚弄人的说法，说是就像希腊国债一样，一夜醒来价值暴跌。但不管怎么说，35岁是个坎儿，这是个不争的事实。调查结果表明，过了这个年龄之后结婚的比例和现行的消费税差不多。"

"你不必太在意这类数字。40岁也好，50岁也罢，都有结婚的。统计数字不能概括每个人的人生。"

美加的回应充满了优越感。

"那么我问你一个问题，假如你得了重病，医生告诉你生存概率只有百分之几，你还能安之若素吗？"

美加停下手中的叉子，陷入了沉思。

"那绝对做不到。太恐怖的数字了！"

"所以说，帮帮忙吧！有没有不错的人？最近美加身边有没有离婚的？我也已经35岁了，离过一次婚的，过了40岁的，比我年轻很多的都可以啊。"

美加差点笑出声来。

"你最后说的什么？要是找个20多岁的男人，那就赚大啦。"

理沙子从来没和年龄比自己小的男人交往过。她不太喜欢小男人，感觉他们遇事不能依靠，还傻乎乎的。理沙子是退而求其次才那样说的,而美加似乎喜欢比自己年轻的男人。

"好了,去除最后一个条件,有不错的人就介绍给我吧。喂,拜托啦!"

作为协议达成的谢礼,理沙子请美加吃了一份提拉米苏。

当然,理沙子拜托的可不仅仅是亲朋好友。

与佛系的外表不同,从买房就能看出她是个一旦开始就勇往直前的行动派。就在本周内,她向婚介公司提交了申请,勉勉强强赶上了下个周末的相亲派对。

派对的会场设在位于日比谷的某宾馆宴会厅。

男女各半,总共有150人吧。理沙子看着豪华的大厅,心想"这么多相亲的人聚在一起,这里的氛围登时就俗了"。贴着墙壁摆了一排椅子。是做工上乘的折叠椅。椅子上坐着身着盛装出席的女士们。既有比理沙子年纪大的,也有比她年轻很多的。

"各位男嘉宾准备好了吗?"

一位在电视上见过的自由女主播用洪亮的声音

说道：

"规定时间是每人5分钟。请在5分钟内好好展示自己并搜集对方的信息。各位男士，让我们勇敢地开启谈话吧！女士们请温柔地回应。牵手时间现在开始！"

由门德尔松的婚礼进行曲改编的爵士乐在会场里轻快地流淌。男士们在女士的座椅前面排起了队。往往年轻美女面前的队伍排得比较长，而年龄较大的女士面前的队伍比较短。理沙子的前面排着三个人。这个数字让她有些不甘心。

"你好！初次见面，我叫山冈诚司。"

理沙子甚至连观察对方的时间都没有。眼前的男人身穿深蓝色的西装，胸前别着一个圆形的徽章，上面印着38号。发下来的徽章上只写着每个人的号码。理沙子的是42号。

"理沙子小姐您工作吗？"

"是的。我在一家精密仪器厂工作。"

诚司点点头，在手里的笔记本上写着什么。

"是正式员工还是派遣的？"

"是正式员工。"

诚司又写了些什么。他一低头，发际线附近依稀可见星星点点的白发。难道是少白头吗？男人似乎想打听理沙子的年收入，但最终还是没问到这个程度。他又转换了话题：

"您是哪里人？"

"东京的文京区。"

"您目前和父母一起住还是一个人住？"

"我自己住在世田谷。"

"是租房还是自有房产呢？"

这到底是什么意思？是身世调查还是人口普查？男人不断地抛出问题，然后在笔记本上打对错号。理沙子自信满满地说：

"是自己的房子。我最近刚刚买了房。"

男人叹了口气：

"噢，是这样啊，您自己的房子呀。假如结了婚的话，您打算住在男方的房子里吗？"

这件事不能一概而论吧。因为不知道对方的父母是否同住。

"这个我也说不好，要看交往的情况……"

男人瞥了一眼手表。理沙子总算注意到他的发型了，是三七分。头发干涩，没有光泽。

"时间已经过去 3 分钟了。光顾着打听理沙子小姐的情况了，我也简单介绍一下我的信息。我是静冈县三岛市人，今年38岁，毕业于横滨的一所国立大学的经济学部。大学毕业后进入一家大型证券公司，工作11年后调入同行业的外资公司。目前从事企业年金的运行管理工作。年收入不便详说，但有同龄人平均工资的两倍。住在目黑区的出租公寓里，爱好是打高尔夫和看电影。我的梦想是，退休之后移居夏威夷，过上每天打高尔夫的生活。理沙子小姐，您平时打高尔夫吗？"

"没有打过。"

"是吗？高尔夫很好呀。对身体有益，清晨走在球道上，心情非常舒畅。有机会一起去打高尔夫吧！"

这个一张方脸配上三七分发型的男人，努力做出一副笑脸。他大概是个不灵活的人吧。这时，闹钟"叮铃铃"地响了。男人站起身来，下一位走了过来。理沙子立刻把刚才的证券男忘得干干净净，就连长相都想不起来了。第二位男人说道：

"初次见面。我叫河合浩太郎。理沙子小姐，您工作吗？"

理沙子点点头，身穿灰色西装的男人又问道：

"是正式员工还是派遣的？"

理沙子回答是正式员工。眼前的男人开始在手里的笔记本上圈圈画画。

理沙子形单影只地走在回家的路上，内心十分空虚。

此时的心情，与其说是去寻找相伴余生的伴侣，倒不如说被卷入了一场没完没了的判断对错的游戏。无一例外，走到近前的男人都想知道理沙子有没有工作，是不是正式员工，房子是个人的还是租住的，养不养宠物，能不能和对方的父母同住。理沙子不胜其烦，后半场只是机械地回答问题。

牵手时间后稍事休息，就到了告白时间了。和理沙子交流过的7个人中，有两个点了她的名字。是第一个证券男和第五个公务员。理沙子和谁也没有配对成功。这丝毫不意外。最终，她提交了空白的点名卡。

一个人活到这个年纪，理沙子对于男人们想了解条件和数字的心情是非常理解的。给了5分钟的时间，为了尽可能地寻找条件相符的对象，发起问题攻势肯定是最高效的方法。7个男人都重复着同样的问题。然而，人不是条件，也不是数字。要是抛出的一个个问题能使人稍微感受到人品和个性就好了。

那天晚上，理沙子情绪失控了。

洗完澡后，她喝光了一瓶阿根廷产的冰白葡萄酒。电视上播放着一部刷过多遍的外国连续剧。为什么自己身边没有像电视上那样说话温暖的男人呢？理沙子给白天见到的那几个只会打对错号的男人统统打了一个大大的叉号。

"找到好男人啦！"

这次午餐约在了荞麦面店。这家店面量比较少，但却很是新潮，推出的手工面非常筋道。不知何故，在这样一家荞麦面店里经常播放爵士钢琴三重奏。装修风格与其说是和风，还不如说是北欧风格。美加激动地说：

"是我老公的朋友，长相不错。"

理沙子深吸一口柚子的香气。滚烫的面汤上漂浮着五片切成圆形薄片的柚子。前几天的遭遇让理沙子警觉起来了。她真是烦透了打对错号的游戏。

"和我们家那位一样大，37岁。没结过婚，是家里的次子，主板上市公司的正式员工。"

看起来美加也喜欢打对错号。

"是这样啊。"

"怎么样啊，理沙子？你一点儿也不像上星期那样紧张了呢。"

把失败的相亲派对解释一遍也挺麻烦。

"唉，遇上了一些事……"

"下星期天一起见面吃个午饭吧！"

一瞬间，理沙子竟不知荞麦面的滋味了。

"不要嘛！人家还没做好心理准备……"

美加一边豪爽地大口吃着山药泥荞麦面，一边说：

"别担心，我们夫妻俩也参加，给你们助助兴。"

理沙子重重地叹了口气，但还是吃了一口荞麦面。散发着柚子清香的荞麦面依然美味可口。

四月半，乱穿衣。

虽说已是春天，但早晚还是春寒料峭。晚上的风有时候冷得能让人打哆嗦，所以，尽管迫不及待地想穿上新款的时装，但春装薄衫又令人望而却步。

理沙子纠结了半天,"要风度"的念头还是占了上风。她穿着隐隐透亮的淡雅素色印花连衣裙,外罩一件短款的风衣。她决定太阳落山天冷起来之后,就马上离开。

美加选定的是位于台场的一家咖啡餐厅。木连廊上整齐摆放的遮阳伞,宛如一朵朵盛开的白花。当理沙子按照约定时间11点到达的时候,美加和她的丈夫昌俊,还有一位第一次见面的男士都到齐了。

"初次见面,我是上尾理沙子。"

说完理沙子微微点了点头。男子把餐巾从膝盖上拿开,慌忙起身,似乎不习惯这种场合。他穿着一件簇新的商务休闲西装,棉质休闲裤,美中不足的是西装里面的T恤领子稍过于挺括了。胸前印花的图案大概是美国动漫中的英雄吧。长相还算周正,看起来还不至于让人不舒服。身高比理沙子高10厘米的样子。

"我叫长谷川直记。请多关照。"

说完深施一礼,比理沙子刚才的力度要大得多。

"好啦,你们二位,都坐下吧。"

美加说着,给昌俊使了一个眼色。随后,昌俊说:

"直记是我大学时代的好友,在小泉制药的研究所工作。没想到的是,据说做实验的技术很高超。你要问他现在在做什么工作的话,他会说是理工科的体力劳动。"

"我从事的是新药研发的工作。通过变换几百种药品成分的组合,来研究哪一种效果最佳。"

声音不大却极有穿透力。不是理沙子中意的声音。

"研究药效的话,是不是要把药物用在某种动物身上呢?"

"是的,仅我们研究小组每年就要消耗几千只老鼠。除了老鼠之外,说不定还要用猪和猴子。因为猴子最接近人类,所以会使用猴子,但成本比较高,又不好照顾。我的工作是饲养动物和研究药物各占一半。"

理沙子睁大了眼睛。这样看来,原来面前的这个人每天都会因为做实验而杀死老鼠。美加慌忙掩饰自己的惊愕。

"这么深刻的话题以后再聊吧。"

直记身上有着科研工作者的固执。

"不,还是要把丑话说在前面。大家平时若无其事使用的药物，每一种都是以牺牲很多的其他生物的生命为代价开发出来的。我认为这是需要提前了解的情况之一。"

"直记就是太强词夺理了，所以才被女孩子讨厌……不，是敬而远之。你适可而止吧。"昌俊说道。

理沙子觉得这人尽管有点怪，却也很有意思。四个人点了意面配蔬菜沙拉和甜点的周末套餐。在东京湾湿润海风的吹拂下，品尝拌有新鲜鳀鱼的意面，简直是人间美味。理沙子注意到风把她额前的头发吹乱了，但也决定尽量不去按压。她不喜欢被人看作那种时刻在意自己发型的女人。

理沙子盼着还能听到直记的奇谈怪论，但自从说完那段话后，他就几乎没再开口。是因为紧张吗？他默默吃光了意面和沙拉，又要了一份面包和橄榄油。

观察着直记的另外三个人自然聊得十分火热。说是三个人，不如说是理沙子和美加在聊个不停，就像在公司时的午餐时间一样。九十分钟转眼过去了，美加突然说道：

"陪伴到此结束了。我们要去买点东西，先告辞了。"

听到这句暗号,昌俊也站起身来。他将账单推给直记。

"说好的今天你请客。接下来就拜托你了。"

"不要嘛……再等一会儿吧。"理沙子说。

美加笑着没有理她。

"接下来,请两位年轻人好好相处吧。"

好友夫妇快步走出木连廊。接下来,要怎么与这位沉默寡言的男人相处呢?此时,直记的表情变得僵硬起来。

"咱们也回去吧。很抱歉,我跟女士单独相处时,会变得呼吸困难。我从男校毕业后又考上了没有女生的理工科,公司的实验室里也净是男人,所以我连约会该穿什么都不知道,这件布雷泽西装是昌俊帮忙选的。"

他的嘴一张一合,的确很像一条缺氧的鲤鱼。紧张得连呼吸都局促起来了。理沙子吃惊的同时,也感到有几分好笑。

"您的氧气还能支撑多久呢?"

"还有两三分钟吧。"

理沙子从短风衣里抽出手机。

"两三分钟的话,足够交换电子信箱的呢。"

直记的脸色"啪"地亮了起来。从西装里拿出最新款的智能手机。理沙子语音呼叫出了红外线通信的画面。

"长谷川先生的手机有红外线功能吗？"

"没有，红外线和无线网都没有。请您读出邮箱地址和号码，我来输入。"

理沙子读了自己的邮箱地址和电话号码。由于不习惯这样做，所以不知不觉间语速快了起来。直记的手指在触屏上跳跃，如同一位技艺精湛的钢琴家。直至输入完毕，中间一次也没有出错。

"可以了。我马上发送一封空邮件。"

直记发送邮件之后，间隔了几秒钟。理沙子的目光从一脸认真地盯着屏幕的直记身上移到了远方的彩虹桥。一座白色的吊桥优雅地倒映在春日平稳的海面上。想必支撑大桥的每一根钢筋，都是由直记那样的理工科人士计算过强度和构造之后设计出来的吧。

有声音提醒新邮件到达了。理沙子本以为是一封空白邮件，没想到邮件规规矩矩地附有主题："第一封邮件。今天非常感谢。"

很有品位呀。理沙子刚想再聊几句，直记又开口了：

"已经三分钟了。我们回去吧。"

理沙子无奈地跟在已经手拿账单起身的直记身后。她在收银台前正要拿出钱包的时候，直记说道：

"实验室的工作异常忙碌，平时根本没有花钱的闲暇。今天我和昌俊说好了，由我来请客。"

支付完毕，二人快步离开餐厅向地铁站走去。难道是早就打算星期天午后就各奔东西吗？直记西装背后的中缝还留着Z字形的白线。看样子是真的对服装没有兴趣。

到了检票口，直记说：

"今天就到这里吧。我非常开心，请下次一定再和我见面。"

"直记先生接下来打算干什么呢？"

"顺路去一趟秋叶原，找找有没有缺少的零部件再回家。因为我最近正在组装一台新电脑。"这位37岁的男人笑逐颜开地说。

与初次约会的女人相比，还是秋叶原的零部件商店更有吸引力。理沙子对自己的魅力失去了自信。

"原来是这样。我明白了。如果有下次的话，下次再见呀。"

那一天,理沙子的心情十分不爽。她跑到银座的百货商店买了4个根本不需要的餐垫和一套新睡衣。多么浪费啊!

真拿这个不解风情的男人没办法。

不过,从那天起,每天早八点半和晚十点半,直记会准时发来邮件。

邮件主要是通报每天的日程安排,既没有特别有趣,也并不浪漫,但即便如此,也稍稍装点了理沙子的日常生活。理沙子也配合着他,回复不太热烈的邮件。直记属于晚熟慢热的类型,如果给他太大压力的话,反而会把他吓跑吧。不过,理沙子也没有想热烈地和直记交往的强烈意愿。

这其中还有一个原因,即理沙子的第三次"恨嫁"之心平复了。总算有一个交往中的男人了。这就能说得过去了,因此,也许自己并不是想结婚,而是想和一个男人交往而已。她一直渴望一个这样的对象——既不是帅哥,也不是大款,当然也并不受女人追捧,只是一个普普通通的男人,两个人互相通报每天发生的事儿,吐槽一下工作。

第二天邮件又雷打不动地发过来了。

理沙子留意了一下，再次约会的约定没有兑现。两个星期过去了。

五月的黄金周临近了，这是一个就连街道上都洋溢着喜悦的季节。即使到了晚上，风也是柔柔的，没有了刺骨的凉意。理沙子喜欢在春天的夜晚身着春装走在陌生的街道上。某个晚上若是能和直记一起信步走在街道上，或许也是不错的。

正当这么浮想联翩的时候，直记的邮件突然不来了。刚开始还以为是工作太忙，没有放在心上，但三天过后就开始坐立不安了。难道是开始和一个比自己年轻很多，绝不会自己买房的女孩交往了吗？或者工作时实验室发生了爆炸，被牵连进去了吗？还是被实验用的老鼠传染了不明传染病，被隔离了？理沙子满脑子都是可怕的念头。

和直记断了音信的第五天，当星期五晚上十点半收到那封邮件的时候，理沙子将手机抱在胸前，在客厅里雀跃起来。邮件的内容是，实验到了攻坚的关头，最近几天几乎没有睡觉。这一星期只回了两次家。内衣也只能两天换一次。回家后倒头就睡。

理沙子立刻回复了。

"从现在起睡十几个小时,然后咱们在傍晚约会吧。地点选在哪里都可以。干脆请带我去你喜欢的秋叶原吧!让我们尝尝那些奇奇怪怪的食物,提前为你攻坚成功祝贺吧。"

理沙子想,他会不会已经进入梦乡了呢?正忐忑地等待着的时候,回信立刻来了:

"秋叶原约会,明白。期待着。晚安,理沙子小姐。"

理沙子看着屏幕,欢呼起来。直记以前一直用她的姓——上尾小姐称呼她的。即使在邮件里面,也是第一次用后面的名字来称呼她。真是个彻头彻尾的晚熟的理科宅男!

两人约会的地方选在了华灯初上的万世桥。

直记说他不喜欢秋叶原站前这种人多的地方。理沙子希望今晚的自己是完美的。她用平时两倍的时间化了妆,穿上了新款的春装。今年流行白色的蕾丝,所以她选了一件蕾丝无袖连衣裙。领口是秋叶原附近少有的深色系。鞋子是缪缪(MIU MIU)的新款高跟鞋,鞋跟上装饰着一排水晶宝石。

直记穿的是做旧了的骑士皮衣。比起过分

地修饰，他更适合这类便装。直记匆匆打了个招呼，说：

"我喜欢这里是因为从这座桥上能看到高架线和神田川的交叉。你看，中央大街那边特别繁华，这边则稍显寂寞。"

夕阳映照下，河面上摇曳着淡淡的皮粉色。理沙子顺着直记手指的方向望去，看到街道两侧的大型电器商店如高山般耸立，炫目的霓虹灯把街道照得色彩斑斓。

"喂，咱们走吧。我带你看看一般见不到深度的秋叶原。"

一走起来，理沙子马上就觉察到高跟鞋似乎有点紧，大脚趾根部很疼。在自己的主场，直记绘声绘色地介绍着谜一样的电子零部件和奇奇怪怪的软件。

车站旁有些小店像是在废墟上搭建的临时房屋，一小堆一小堆地出售偷拍用的小型照相机和监听器。走进小店，发现里面在甩卖盗版光盘，不仅有好莱坞电影，还有韩国、中国的电影和电视剧，价格便宜得令人难以置信。这里聚集了很多外国人，语言中混杂着日语和英语，像早市一样嘈杂。

直记不停地说着，理沙子开心地笑着。这是一场理想的初次约会。

然而，好事和坏事必然同时到来。

刚走了20分钟左右，理沙子的脚痛已经无法忍受了。

"不好意思，直记先生。我有点……"

这附近大概没有鞋店吧。再不买双平底浅口鞋的话，脚就坚持不住了。直记担心地说：

"你的脚一直很疼是吧？没事吧？我背着你吧？"

在外神田的小巷子里，从中古软件店里传出惊天动地的动漫歌曲，不是理沙子喜欢的。直记一直走在车道边上，与掩饰着脚疼小心翼翼走着的理沙子保持着同样的步调。

原来是为了不让理沙子感到难堪，他也毫不含糊地放慢脚步在旁边守护着。

当理沙子意识到这一点的时候，眼泪差一点夺眶而出。她喜欢上了眼前的这个人。

感觉已经将近十年没有如此直接地产生这样的念头了。喜欢上一个人，真是一种妙不可言的感觉。

秋叶原里的小巷子非常昏暗。想必直记没有看到她几欲夺眶而出的泪花。理沙子仰起头，说：

"这附近有百货商店吧。"

"嗯嗯，步行到上野需要十分钟左右，还是坐出租车去吧。"

理沙子一边返回主路上，一边有意让自己步履蹒跚。

"能坚持吗？"

直记拉住了她的手。没想到，直记的指尖那么柔软，理沙子如愿以偿了。今晚接下来怎样才能和这个人一起待到没有末班车呢？尽管理沙子是个35岁的单身女性，却也是个风韵十足的成熟女性。和心仪的男人一起迎接清晨的手段，她还是颇有心得的。

理沙子若即若离地拉住直记的手。在被霓虹灯照得如同白昼一般的大街上，她高高地抬起了右手。

午夜后的一秒钟

为什么要在这样的夜晚办庆功宴呢?

长岭麻希子焦躁不安地看了看手表。这块宝格丽手表是去澳大利亚拍外景时在机场的免税店买的。还差30分钟,表针就指向午夜十二点了。一旁坐着的宣传部主任石川纮辉说道:

"这次宣传手册的封面真是杰作啊!在时间不充裕的情况下,你们拍得很出色。"

这家酒吧藏在青山的一条小巷子里。据说设计公司社长佐佐木始是这儿的常客。麻希子近来感到眼角的细纹越来越明显,因此这家光线昏暗的店正合她的心意。走近一看,店里有一个亮得几乎能照出人脸的用废弃钢琴改造的L型吧台,还有用两个尺寸合适的大箱子来充当的黑色皮革沙发。

"是啊。和我们关系密切的青年汽车评论家一直是八小时内往返于东京和神户之间。他深夜两点在首都高速公路上驱车，就是为了以朝霞下的神户人工岛为背景进行拍摄。上午十点再赶往东京。平均时速估计达到了 160 公里左右。"

与麻希子同年入职的小暮贵之还不能独当一面，插嘴道：

"就是拜他所赐，那辆宣传车的发动机烧了，换了新的。"

主任说：

"喂，这有什么。把车往修理厂一送，成本根本不值一提。"

果然是主任。在汽车厂工作的话，是了解一台发动机的进价的。从这次拨给零售店的促销预算来看，这笔钱只是九牛一毛。能力超强的石川离过一次婚，被公认为未来的部长候选人。而且，他才 33 岁，长相酷似年轻时的理查德·基尔。

"我命中注定的另一半会不会是这个人呢？"

麻希子脸上挂着笑容，边喝边思量着。11 月 1 日的第一秒钟，对于麻希子来说具有决定性的重要意义。

这将是左右其人生的节点。这个夜晚竟然必须和工作伙伴们一起度过。麻希子在心里叹息了一声，思绪飞到了五年前的一次旅行。

那是她23岁那年大学毕业刚刚在公司入职的暑假。

麻希子和大学时代的三个好友一起去了香港。导游带她们游览了很多名胜，其中有一个大大的寺院。

麻希子她们正忙着拍照，导游拿过来一个有1.5升水壶大小的旧木筒，说：

"这是很受日本女性欢迎的占卜，试一试吧。"

她问了问占卜方法，对方回答说是一边认真地想着此刻想知道的事，一边晃动木筒，然后拿着晃出来的木棍上写的数字去找占卜师即可。

工作单位已经定在最想去的一家公司了，那结婚就是麻希子人生中下一阶段最重要的关口。麻希子跪在一块红布上祈祷：

"我的结婚对象是个怎样的人呢？请告诉我吧。"

"嘎啦嘎啦"摇晃木筒，从小孔里冒出一根木棍，上面的数字是26号。随后，四个人各自拿着自己的数字，朝在同一个寺院里的占卜师所在的地方走去。

果然是大陆，就连占卜都与日本的规模大不相同。这里就像一个算命市场或者购物中心。一条长长通道的左右两旁密密麻麻排满了一个一个隔开的小空间。而且这是个二层的建筑,难不成仅是这家寺院的占卜师就超过了100人?导游带她们来到一位通晓日语的阿婆的摊位前。

推开玻璃门,迎面摆着一张旧木桌。一位脖子上垂着翡翠项链的占卜师面无表情地坐在桌前。不知为何,四周的墙壁上贴满了夏威夷的旅游宣传海报。

"喂,你好。请把数字和你的出生年月日告诉我吧。"

麻希子报上号码,占卜师从靠墙的小抽屉里抽出一张粉色的纸。

"那你想知道的是什么?"

麻希子看了看身后。导游和朋友们正在走廊对面等着。好友比吕向这边挥了挥手,麻希子也向她挥挥手,随后向占卜师问道:

"我什么时候,会和什么样的人结婚呢?我能获得幸福吗?"

占卜师频频点头,往手头的纸上写着什么。

"不久前你似乎找到了一生的工作呀,祝贺你!

一定要珍惜这份工作。它很适合你,你也能取得超越一般人的成功。"

麻希子喜欢汽车,这遗传自她的父亲。对她来说,汽车厂的宣传部是梦寐以求的单位。被一语道破天机,她激动不已。紧接着,占卜师又波澜不惊地说道:

"你认真交往过的人有两个,是吧?"

衣着华丽的老妇人翻着白眼向这边瞥了一眼。高中和大学各有过一个交往对象。大学时代的男朋友就职后,环境的改变使得两个人在不知不觉中就分开了。

"结婚之前你还会和一个人交往的。因为你也相当见异思迁……"

被这句话狠狠地扎了一刀,但念在说准了的份儿上,麻希子选择了充耳不闻。

"也就是说,我不会和下一个交往的人结婚,是吧?"

"是这样的。和你结婚的,将是再下一个交往的对象。"

"那是个什么样的人呢?"

"是个适合你的人。不过,细节还是不说

为妙。"

"但是,请再明示一点儿,求你了,阿婆。"

麻希子双手合十央求占卜师。老妇人又在纸上随意写了点什么,然后正色道:

"28岁那年的11月1日。"

"哎?"

麻希子完全不明白。

"你将会和那一天第一个见到的人结婚的。"

"意思是说过了半夜12点后的那一秒钟吗?"

阿婆摸了摸翡翠项链,点头称是:

"是这样的。而且,你和那个人会很幸福。"

那是五年前的事了。

大凡算命大抵如此。没记错的话,卦金应该是5000日元。不过,那老妇人也说中了两件事。麻希子看了看手表,距离午夜还有20分钟。要说心情不激动是不现实的。

四个男人围着麻希子分坐在L型吧台的几个拐角上。33岁的主任石川纮辉很能干,离过一次婚。比28岁的麻希子大五岁,从年龄上看,或许正合适。还有一位是同年入职的小暮贵之,他和麻希子同为28岁，整天迷迷糊糊的，不论是工作上，还是男子汉的面子上，至今没干出一件清醒的事。对这位还是采取敬而远之的态度吧。

在场的人中只有一位比麻希子年轻。桂英太郎是宣传部唯一一个把头发染成茶色的，他25岁，至今仍然按照大学时代社团活动的规则来工作。与其说他是个企业人，还不如说是个不会迂回的人，但是也有全身心投入工作的招人喜欢的一面。其父是零部件工厂的董事，这也是他在年轻女员工中大受欢迎的原因。仅仅说是零部件工厂的话，未免有些小瞧了，那可是一个营业额接近1兆日元的优质企业。

最后一位是在南青山经营一家设计公司的佐佐木始。这位38岁，也离过一次婚。他比麻希子大十岁，但因为麻希子喜欢比自己年纪大的，所以这个年龄差不是障碍。

"我会和这四位中的哪一位结婚呢？"

此刻，她并没有对特定的某一位有好感。虽说人都不错，但仍然不了解作为男性的那一面。一想起那个占卜师说的话，麻希子的心跳就加速，真令人难为情。

"那一天，你会和遇到的第一个人结婚哟……然后，你会很幸福的。"

麻希子正想入非非的时候，小暮开口搭讪：

"长岭小姐对于这一点怎么看呢？"

"哎？"

麻希子压根儿没听进去。在这种状态下，估计没有哪个女子会平静地听旁边的人讲话吧。

"就是对结婚的看法呀。石川主任和佐佐木先生说婚姻是坟墓和战场。"

石川脱下浅灰色的上衣，松开了领带。这是一条有光泽的深紫色领带。

"我说的是婚姻是安静的坟墓。我们家并没有发生激烈的冲突，就在平平淡淡中结束了。也许是双方都光顾着考虑自己了。也有可能都以工作为中心了。即使两个人在一起，也不比一个人好。就这么冷静地考虑后分手了，总体印象就是这样。就像下着冰雨的十一月的墓场。花枯萎了，叶凋落了，人不见了。冰冷的雨一直下。"

朗读打油诗般的语调把大家都逗笑了。佐佐木卷起了身上那件价值三十万日元的登喜路皮夹克的袖子，像个有点痞气的大叔。

"我们家曾经是战场。毕竟结婚和离婚都是因人而异的。我们家反倒很热烈。因为我前妻嫉妒心超级重,是个查岗狂。看邮件,查信息,给女性的名字打电话。"

桂英太郎吓呆了,插嘴道:

"冷不防就这样做吗?"

"是啊。说一句我是佐佐木的妻子,哪怕半夜三更都不管不顾。"

"分手是正确的选择呀。"

佐佐木用手摸着头,将前鬓拢向后方。他的额头变得更加饱满,给人以舒服的感觉,就像某些外国演员那样,发际线悄悄后移,反而更能凸显这个年龄段独有的魅力。

"呀,老套的出轨我也有过,对方的担心也算是有原因的吧。喂,石川,男人都会出轨吧?"

主任喝了一口加冰的苏格兰威士忌。

"这个问题请恕我不予置评。"

佐佐木又问其他两个人:

"桂和小暮也会的,是吧?"

桂的胸口露到条纹衬衫的第二粒纽扣处。早早就解下了领带,他气势如虹地回答道:

"当然会的。因为这是本能啊,这是刻在男性基因里的。"

"这种观点有点问题吧?"

小暮还没有脱下外套。领带结也打得端端正正。他的外套和领带的颜色都是让人感觉太没有个性的深蓝色。

"的确动物都是这样的。可是,人类就是因为不能自然满足,所以才创造出各种各样的科学和文化吧。像汽车啊,一夫一妻制啊。"

石川瞥了小暮一眼。麻希子与他共事多年,明白这位主任一直把小暮当作他做出某种判断的标准。开会拿不定主意时,经常会征求小暮的意见。尽管小暮很平庸,但不动摇地坚持走中庸之道本身就有可取之处。主任说:

"人和动物之间产生了撕裂。也许这正是我们的痛苦。一般说来,人要过稳定的婚姻生活……"

石川冷笑了一声,男人们纷纷点头称是。麻希子没有表达自己的意思,但也深谙他的心情。他也有过一场短暂的婚外情,女人同样是二十八岁。

"……偶尔也沦落为动物。所谓结婚,或许就是这么回事。"

佐佐木幽幽地说：

"不过，沦落才令人快乐呢。"

这句话引起了一阵笑声。麻希子也毫无顾忌地笑了起来。那是一种在毫无预兆中陷入恋爱的感觉，也是一种迅速从被某人吸引中清醒过来的喜悦。的确，那是无法抗拒的。她慌忙看了一下手表。

距离决定性的午夜后第一秒钟，还有十分钟。

以那一瞬间为界，自己也许会陷入那种不可思议的喜悦之中吧。在麻希子心里，期待和恐惧参半。男人们不顾眼前的麻希子，肆无忌惮地对女性品头论足。

这一定是性骚扰了。汽车公司是男性社会，这种事还不到较真的程度。此刻让麻希子发愁的是，她的脑子里一片混乱。如果不和十一月一日，也就是月份更替那天的第一秒见到的男人在一起的话，也许会一辈子不结婚吧？或者是马上离开这家店，在漆黑的道路上邂逅的那个擦肩而过的陌生人会成为另一半？难不成第一个遇到的男人是要搭乘的出租车的司机？

麻希子又核对了一下手表，距离午夜还剩三分钟。想三想四的工夫，又浪费了宝贵的七分钟。这种心情就像手里把玩着拔掉导火索的炸弹一样。与其说期待，莫若说越来越害怕了。

然而，假设命运已定又将如何呢？

不管怎么样，要是和午夜后的第一秒钟遇见的男人结婚的话，至少能按照自己的喜好在面前的四个男人中自由选出一个吧。能力出众且刚刚崭露头角的主任，虽不起眼但看起来忠厚的同期，大企业董事的公子，还有颇有声望的设计公司经理，不论选谁，貌似都是不坏的选择。

"长岭小姐一直很在意手表呢。今晚还有其他约会吗？"

同期小暮一脸困惑地问道。听他这么一说，麻希子又看了一眼手表，还剩九十秒。她在高脚凳上坐立不安，没有回答小暮的问题就站了起来。

"我去一下洗手间。"

哪怕对方条件再好，一起过一辈子的伴侣也不是轻而易举就能决定的。麻希子此刻选择了能按照自己意志做的为数不多的行动。

决定命运是可怕的，她逃离了。

L型吧台的里面有条狭窄的通道，通道两侧的墙上都贴着镜子。右手边有一扇黑色的门。房间里贴着黑色的瓷砖，四拍子的爵士乐静静地流淌着。麻希子进入了房间，总算能喘口气了。洗手台的镜子中有一张已不太年轻的女人的脸。命运因未知而精彩。她把手表抬到眼前。

还有五十秒。

就这样把时间消磨掉吧。她深呼一口气，凝视着飞驰的秒针。不是像占卜师所预言的那样，还是要靠自己的力量寻找结婚对象。她整了整头发，再一次立起白色罩衫的领子。都快半夜了，妆容依然没怎么脱。只需再涂点口红就可以了。

还剩十五秒。

麻希子从化妆包里拿出今年的新品口红，缓缓地涂了红色。她一直苦于上唇太薄，所以把口红伸出1.5毫米涂了起来。距离决定命运的最后时刻进入了倒计时。

5、4、3、2、1、0。

午夜已经过去了，麻希子仍然是孑然一身，没有一丝一毫的变化，安心感渗透全身。再给自己拿出30秒，在镜子前面调整了呼吸。推开门把手，走出了过道。

"从今天开始,我又恢复了常态。"

这时,对面的镜子里两个男人映入眼帘。是同期小暮和社长佐佐木。镜中的男人们异口同声地说:

"这么久才来!"

麻希子呆呆地站着。回头一看,小暮和佐佐木靠在吧台的一边。她慌忙问同期:

"你确切知道现在几点了吗?"

小暮挽起左手的袖子,向麻希子露出他的国产手表。

"那就交给我吧。和佐佐木的手表相比,这块表便宜多了,但也准多了。一天两次收到校正电波并核对时间,所以分毫不差。"

"好了,现在几点呢?"

小暮和佐佐木诧异地盯着麻希子。顾不上回答她的问题。小暮说:

"距离 12 点还有 3、2、1……瞧,已经十一月一日了!"

小暮伸出手腕上的石英表给她看。麻希子全身瘫软。命运的确技高一筹。眼前站着两个男人,这意味着自己要结两次婚吗?如果婚后幸福的话,那就绝不离婚。

"要是麻希子没问题的话,我去去就来。"

佐佐木离开座位去了洗手间。麻希子一直紧绷的神经松弛了,她站立不稳,几乎蹲了下来。

"你看起来很痛苦啊,长岭脸色苍白呢。"

小暮朝吧台对面说道。

"请给我一杯水。坐在这个凳子上吧。"

小暮拽过凳子,坐了上去。验证命中注定的人是一件令人害怕的事,当然也谈不上紧张至极。

"你有点醉了。最近工作太忙了吧。"

"还是别太勉强自己呀。"

小暮看了一眼在斜对面坐着的主任和后辈,对面两个男人正聊得热火朝天。他压低声音说道:

"有件事一直想告诉你。从前不久的那次酒会开始,佐佐木似乎一直盯着长岭。今天长岭去洗手间时,他立刻坐立不安,自己也离开了座位。我觉得他想和长岭单独待在一起。当然,佐佐木社长目前恢复单身了,可以自由恋爱,但我不想把他推荐给你。"

这些事麻希子都是第一次听说。在昏暗的酒吧里,麻希子望着坐在身边的小暮。仔细端详,这是一张长得端端正正的脸。此刻,这个与她同岁的男人正一脸痛苦地闭着眼睛。

"也许我说这些话有些任性,但我希望长岭你能待在我身边,不要和别人在一起。"

这番话点亮了麻希子心中的那盏灯。

"这算是向我告白吗?"

小暮抬起头,凝视着麻希子的双眸。

"这件事就连我自己都不明白。只是佐佐木先行动了,我就坐不住了。我万万没有预料到今天会用这种方式向你告白。"

仍然有两种可能性吧。佐佐木和小暮,自己会和这两个男人中的哪一个结婚呢?

"我也同样没有预料到。以这样的方式结束午夜后的第一秒,真是无法想象。是吧,小暮。"

麻希子微启刚描画过的朱唇,对小暮微笑着。

"什么嘛。"

小暮羞涩地移开了视线。

"夜晚才刚刚开始,我想听小暮君给我讲有关你的故事。现在几点了?"

小暮看了看表,说:

"零点三分。时间有什么意义吗?"

麻希子笑而不答。先听小暮讲，接下来是佐佐木。有两个候选人。虽然这位同年进公司的男人人品不错，但也不必立刻就决定吧。麻希子喝了一口玻璃杯里的水。冰冷的水像一条穿过身体的线一般坠落。命运之门才刚刚开启，还看不到结局。这才是值得高兴的，麻希子一个人笑了，笑得开怀而肆意。

洗手盅

这家店在西麻布安静的街道上,是一个独门独院,是两个星期前千鹤子和丈夫浩志来过的法国餐厅。店主原在其他店里做厨师,这是他出来单干后开的第一家店。这家店在当地美食客当中颇有名气。

浩志当时啰啰唆唆解释了好多,千鹤子"嗯嗯"地点头称是,之后却什么也没记住。她并不关心蘑菇是不是八岳产的,鸽子是不是从法国空运来的。对于千鹤子来说,无论什么样的饭菜,什么样的葡萄酒,她要么觉得吃起来味道不错,要么觉得味道一般,仅此而已。为什么男人们对吃这件事如此执着呢?难道是因为美食会给人带来不匮乏的满足感吗?

"先来杯香槟好吗?"

千鹤子抬起眼帘,望着坐在正对面的年轻人。

年轻人叫近藤刚使。

刚使似乎非常紧张。虽然是冬天,但只穿着一件 T 恤,干瘪的胸部缝着一些闪闪发亮的亮片,还有一个大大的骷髅。

"早知道来这么豪华的餐厅,我就穿正式的衣服来了。"

近藤刚使不自在地说道。他是穿着平时的衣服来的:一条牛仔裤,一件 T 恤,外罩一件黑色的羽绒夹克。从 T 恤的袖子里隐约露出一个尖尖的东西,那是绣上去的一支深蓝色的箭。

"没关系的,这样就很好。这里虽然比较时尚,但也不是那种特别豪华的餐厅。"

"但是,对我来说是不是太奢侈了?"

刚使今年 26 岁,千鹤子正好比他大一轮。刚使大学毕业之后从事自由职业,年轻坦率,涉世未深。浩志和他的朋友们谈论的,类似红葡萄酒是用哪个葡萄园的葡萄酿制出来的这种不咸不淡的话,他是万万说不出来的。

千鹤子拿起酒水单,点了两杯香槟。正餐菜单静静地放在一边。腰系长围裙的侍者刚一离开,刚使就压低了声音说:

"我实在太紧张了。光是餐前的酒水就已经让我上头了。"

刚使打开菜单,露出惊愕的神情。看到眼前这个比自己小一轮的男人一副不知所措的样子,她心生爱怜。

"虾夷鹿是什么?鹿也能吃吗?"

千鹤子微笑着点头。

"鹿肉绵软、低脂,非常好吃呀。腥味也不重。"

"厉害……这道是什么?"

对于刚使来说,菜单上的一切都是新鲜的。他曾经说过,年轻男人们熟悉的是居酒屋或家庭餐厅的塑封菜单。

"这是鸽子,好像是在鸽子肚子里塞满东西烘烤。你想详细了解的话,可以叫人过来问一问。"

刚使慌忙摆手。他的手腕清瘦,青筋凸出。千鹤子喜欢这个男人肌肉紧绷的手腕。男人特有的外形才让人心动。她对那双手并没有非分之想,只是看一看心情就很好。

"算了,千万不要把人叫过来。"

他的脸颊微红。这一点也是眼前这个年轻男人的可爱之处。

"那我点鸽子。"

"好呀，鸽子可以在套餐当中选择，最下边的这个套餐可以吧。"

年轻男人一脸懵懂，活像一只小奶狗。

"或者咱们单点？那样的话，就必须要选前菜了。"

"我要套餐。"

回答得太快也让人感觉有点奇怪，千鹤子笑了。

"我就那么滑稽可笑吗？既不了解高级餐厅，也不懂成年人的游戏。让千鹤子小姐勉为其难了。"

"让你们久等了。"

这时，两只郁金香造型的玻璃杯从头顶降落。形状考究的玻璃杯里摇曳着淡淡的金色液体。一串气泡从玻璃杯底部冒出，气泡之间就像由一根细若蚕丝的线连接着。

"我完全没有勉强。刚使君保持现状就好。记住这些东西是非常容易的。"

的确如此，无论是谁，都在不知不觉中上了年纪，哪怕不喜欢，也要被迫记住些什么。失去了带有新鲜感的惊喜，也失去了有弹性的肌肤，脑子被无用的知识所充斥,又有什么好处呢?这些事情和玻璃杯里面的香槟没有一丝一毫的关系。

"让我们干杯吧。"

千鹤子捏住细细的杯脚,举起酒杯。两杯撞击发出清澈的声响。她不由得把自己38岁的手和26岁青年的手做了对比。不知怎的,人一上年纪皮肤就越来越干燥了。这下感到羞耻的变成了千鹤子。她只喝了一口散发着树木果实清香的香槟,就慌忙把手藏到了桌子底下。

"香槟的味道太赞了!"

刚使悠悠地赞叹。

"是的,很好喝呢。"

千鹤子第一次和男人共饮香槟已经是20年前的事了。此情此景仿佛历史轮回了一般。泡沫来了,泡沫过去了。度过了漫漫严冬,经济刚恢复了景气,却世道轮回,她自己已然变成了请别人喝香槟的一方。想来真是有几分不可思议。

侍者介绍说前菜使用了12种蔬菜。每一种都被细细地切成了丝,用叉子叉起放入口中,各种味道混杂在一起,如同复杂的和弦乐。据说酱汁里用了从冲绳寄来的早上现摘的柑橘。

"太美味啦，这道菜。"

年轻男人的叉子上塞满了色泽鲜艳的蔬菜，他大口大口地吃了起来。前菜的菜量对于千鹤子来说大得惊人，可三口两口就被刚使一扫而光了。香槟的酒杯也见了底。

"接下来做什么呢？"

刚使用手背擦了擦嘴角，说道：

"其实烧酒兑开水不错，但是这里没有呢。"

千鹤子笑了。刚使身后的一面墙上展示着玻璃门的葡萄酒窖。

"咱们问问吧？"

刚使又着急了。

"千万不要啊，真的。我不懂葡萄酒，都拜托千鹤子小姐了。"

"那咱们点红酒吧。"

年轻男人只有点头的份儿。千鹤子叫来服务生，接过葡萄酒单。

"请帮我们选一种浓度不高，口感比较清爽的红葡萄酒。"

千鹤子指着翻开的酒单的中间位置。

"差不多这个档次的。"

刚使张大眼睛望着千鹤子。那目光中既有几分得意，也有几分落寞。说实在话，比起年轻男人来，千鹤子更喜欢年龄比自己大的。跟他们在一起能够平心静气，凡事也不用操心。然而，随着年龄的增长，身边比自己年长又未婚的男士所剩无几了。尽管自己是浩志的正牌夫人，妻子的身份乍看无法撼动，但背后隐藏着难以言说的不安和痛苦。

"千鹤子小姐，你为什么没生孩子呢？"

刚使不动声色地掷过来一个禁忌话题。年轻男人的这种不周到反而令人觉得新鲜。沉默片刻，刚使又问：

"千鹤子小姐和您丈夫之间难道是无性婚姻？"

从即将踏入30岁的大门开始，整整五年，千鹤子和浩志为了生孩子做了各种努力。那段经历太痛苦了。千鹤子在35岁生日那天彻底放弃了不孕治疗。自从放弃了生孩子，千鹤子的肩上像卸下了千斤重担。她微笑着说：

"能有孩子固然不错，但是没有也没关系。"

她品着侍者端上来的葡萄酒。那是清爽的酸味和苦味混杂的波尔多葡萄酒。她向侍者微微点了点头。刚使还是一如既往，咕咚咕咚地大口喝着价格不菲的葡萄酒。

"我虽然不太懂,但也觉得味道棒极了。"

"这就足够了呀。"

千鹤子觉得葡萄酒和人生有异曲同工之妙。如果不真实地活着,就不会懂得人生的滋味。主菜上来了。千鹤子的是奶油焖鹿肉,配红葡萄酒酱汁。刚使的则是烤乳鸽,盘子旁边摆放着一个银制的碗。

"哇!分量真大。这些能吃得完吗?"

接着,他压低声音问:

"喂,这个装着水的碗是干什么用的?"

千鹤子笑了。一无所知竟然是一件极其痛快的事。

"那个叫洗手盅,也就是用来洗手指的水。吃乳鸽的时候,如果只用刀和叉,会很困难吧?可以用手来拆解骨头,也可以大口大口地吃肉呢。这样吃起来才会觉得更美味。"

刚使的神情一下子开朗起来了。

"原来如此啊。用这样的刀和叉来分解鸽子,我是万万做不到的。稍等片刻!"

说话间,他抓住鸽腿,用尽全身的力气把它从鸽子身上拽了下来。软骨和关节分离发出"咯吱咯吱"的声音。

"给你，这块给千鹤子小姐。"

他把一块连着骨头的鸽腿肉扔在奶油焖鹿肉的旁边。一个坐在空桌子旁的客人吃惊地看着他们。

"嗯嗯，这些就够了。我也给你鹿肉。"

千鹤子把叉子插进鹿肉里，肉呈现暗红色，如同熟透的李子。她把一块渗着血丝的肉放在了年轻男人的盘子里。

"不知为什么，我觉得自己好像变成了一头狼。又是撕鸽子，又是啃鹿肉的。嗷呜，下面就轮到人类的成年女性了。"

刚使一边大口咀嚼着鹿肉，一边开着玩笑。

千鹤子嚐了一口红酒。

"为什么区区葡萄竟然能够酿造出如此复杂的味道呢？"

"这个问题呀，我想刚使再长大一点，会明白的。"

"哎呀，我搞不懂这些复杂的事。"

"也有这方面的原因。"

千鹤子一边笑着，一边陷入了沉思。爱的好处和不爱的好处，有孩子的好处和没有孩子的好处……再加上活着的好处和死去的好处。也许,每一组都无法比较。我们就爱着,或者不爱着;活着,或者死去。

千鹤子想起了不在场的丈夫。他此刻一定在工作。在办公室里忙些什么呢?千鹤子不禁伤感起来。尽管在和年轻男人约会,但千鹤子心中最想念的却是浩志。

刚使就是粗野而生动的餐前酒。年轻男人一脸不解地窥视着千鹤子。

"你怎么了?"

"没什么。"

千鹤子从盘子上拿起鸽腿肉,大快朵颐。肉上沾了淡淡的口红的气味。肉皮焦酥脆。这类脂肪含量低的肉吃起来有茹毛饮血的感觉。她从骨头上把肉剔得干干净净,然后用后牙用力咀嚼软骨和筋腱。

"借用一下。"

她伸出手在洗手盅里洗了洗指尖。原本清澈的水面上浮起了一层小珍珠般的油脂。

"啊!原来这样用呀。不管是西方人还是日本人,基本上都一样呢。遇到好吃的东西都喜欢用手抓着吃,但却又讨厌弄脏了手指。"

"是呀，吃的时候弄得黏黏糊糊的，吃完之后就立刻想洗干净了。"

这年轻人真是一点就透。他也开始在洗手盅里洗自己弄脏了的手指。

"是啊，完事之后立刻用水冲洗，摆出一副什么也没发生过的样子。"

刚使不知何故慌乱了起来。碗里的水溅了出来，将白色的桌布染成了灰色。

"请等一下！我绝不会装作什么都没发生的样子。因为我非常喜欢千鹤子小姐。我一定会珍惜你的。"

千鹤子微笑着说：

"谢谢你。我很开心。"

年轻男人一无所有，所以大家才都是一心一意。此时，千鹤子也思绪万千。她无条件地相信，喜欢一个人是一件无与伦比的绝妙的事情。这一连串的情话从一个没有体会过人生万般滋味的人口中说出来，是多么轻薄啊。刚使全然没有觉察到这一切。千鹤子心想，我年轻的时候也是一样的。

刚使的眼中闪烁着热切的光芒，紧盯着千鹤子。他的神情似乎充满了自信。

"晚饭后怎么安排呢？我知道一家营业到第二天早上的酒吧，和那里的老板娘算是朋友。"

竟然轻率地和开夜店的人交朋友，年轻人真是不可思议。

"是呀，怎么安排呢？咱们先把餐后的甜点吃完，再考虑这个问题吧。你爱吃甜食吗？"

年轻男人挺起胸，T恤上缝着一个骷髅。

"都交给我吧！不管是甜的还是咸的，我都喜欢。再加一种的话，不管是年龄大的，年龄小的……"

"那就太好了。"

千鹤子的脑海中浮现出菜单。由于刚才喝了葡萄酒的缘故，她的身体似乎有些发热。要是有个冰激凌就好了，能让自己的大脑和身体稍微冷却下来。

她叫来侍者，点了餐后的甜点。有黑巧克力、咖啡，还有芒果布丁。

"我太开心了，谢谢！"

侍者离开后，千鹤子把视线落到坐在她对面的男人身上。今晚该怎么打发刚使一个人回去呢？千鹤子办这种事，可以说是轻车熟路了。

梦香

绵绵秋雨落在了观景窗上。这是一家坐落在一条普通住宅街上的小咖啡馆。

或许 30 岁是一道门槛。

邂逅和被邀请约会的次数都日渐减少了。毋庸置疑,在 35 岁的今天,高野季理子已经彻底习惯了一个人度过周末。她一边望着玻璃窗上滴落的雨滴,一边漫不经心地听朋友絮絮叨叨。对方说的还是已经分手的前夫的坏话。

"男人这种东西,在外面和在家里的样子完全不一样吧?"

因工作关系,住吉和美离婚后仍然沿用了前夫的姓。还是应该稍稍应付她一下,季理子把脸朝向她,说道:

"呀,也许会有这种情况呢。"

季理子既没有结过婚,也没有跟谁同居过。在这个靠窗的包厢里，高桥义之坐在了两位女士的对面，他的脸部皮肤略显松弛。大家在不知不觉当中都过了35岁。距离当年一起进入电视制作公司工作，已经将近10年了。义之目前在另一家制作公司担任深夜娱乐节目的导演，深蓝色帽子依然是他的标配。

"这一点女人也一样吧？和美只要一看到好看的男人，眼神立刻就变得色眯眯的了呢。就连在电视台摄影的时候，你不也是这副样子吗？"

季理子苦笑一声。无论对方是当红的演员，还是年轻的助理导演，和这些统统没有关系。和美的"颜控"在公司里非常出名。

"真是没有办法呀。我身上有个感应帅男人的仪器，只要指针一摆动，立刻就身不由己了嘛。不管是谁都有自己的软肋吧？是不是，季理子？"

季理子眼前浮现出几个曾经交往过的男人的面容。自己也不知道那些人有什么共通之处。个子的高矮，脸的轮廓，工作的内容，全都支离破碎的。季理子略显踟蹰地说：

"这么说来，我好像喜欢男人身上的味道呢。"

义之一听，把身体探到了桌子上。

"啊，好香艳啊！"

和美任性地对他说：

"你的吃相好难看呀。跟刚才对我的反应有天壤之别呢。"

"好了好了。那么，说起男人身上的味道，到底是什么感觉呢？"

很难描述具体是一种什么样的感觉。季理子喜欢挎着男人的胳膊，把头枕在他的肩头上。这时，自然也就知道了男人身上的味道。

"嗯……，是挺难描述的，是那个人的汗味、身体的味道、皮衣的味道、毛衣的味道，还有发蜡的味道，都混杂在一起的感觉吧。"

和美不解地说：

"那每个人的味道都不一样呢。"

"是的。虽然千差万别，但如果不喜欢那个人的味道，也不会和他长时间交往的。"

自己究竟为什么要确认对方的味道呢？关于其理由，季理子一直缄口不言。正因为如此，这也几乎被人说成是她个人的一种任性的执念，没有什么科学依据。一旁的和美和义之交流得相当顺畅。两人的关系很好，最近已经有议论他们是不是在交往的风言风语了。季理子又将视线转向湿淋淋的窗户。

她的思绪飘回到了20年前。

那时季理子十五岁，是世田谷区公立中学的学生。

七月初的一个早晨，阳光透过窗帘照进屋子里，非常炎热。她醒来后看了看枕边的闹钟，发现才凌晨五点。毛巾被摸上去顺滑舒适，身体慵懒地漂浮在床上，她想再睡一会儿，一闭上眼睛就又进入了梦乡。

自己身边有一个男人。梦中的直觉表明，那是一个对自己来说非常重要的人。可是，自己的身体在梦中却无法随心所欲地活动。一定是和那个人捆绑在了一起。直觉告诉她，视线可以移动，行动却完全失去了自由。因此，季理子闭上眼睛闻起气味来。

季理子在梦中嗅着那个不知尊容如何的男人的气息。这是一种似曾相识的味道，绝不是一般男人身上的那种令人不舒服的气味，是一种由多种气味混杂在一起组成的复杂的味道。季理子只能分辨出里面的一种气味，是冲泡滴滤式咖啡时升腾起来的香气。

好想再闻一闻这种味道，好想和梦中的那个人在一起。正在如醉如痴的时候，耳边响起了刺耳的闹铃声。当然，季理子抬手关上了闹钟，她做好了迟到的心理准备，准备睡第三觉。然而，那个梦却再也回不去了。

这样想来，或许自己在这二十年里一直在寻找的，就是那个梦中的人，还有梦中的香气。如今到了35岁这个已不再年轻的年龄了，虽然依然没有找到自己所苦苦追寻的东西，但属于季理子的寻觅期却眼看就要过期了。

"呀，我也有软肋呢。"

义之说道。和美毫不掩饰地顶撞他：

"谁也没打听你的软肋吧。"

"好了，就让我说吧。对于我来说，我的软肋是女孩子的笑脸。"

季理子从回忆回到了现实中的咖啡店：

"咦，怎么回事？"

"无论是谁，一笑脸就会崩吧。平时很可爱，脸崩的时候就会有强烈的落差。这么可爱的女孩，笑起来脸却变得皱巴巴的。这种肆无忌惮的感觉，让人感到犹如遭到暴击一样呢。"

"说完了吧？义之你就一个人做梦吧。话说回来，礼司好慢呀。"

"你这个人，对别人的恋爱故事也该有点回应吧。即使如此，我也感到有点难为情呢。那家伙早说过他可能会迟到的。他说有一些手续要办，麻烦得很呢。"

吉江礼司也是过去的同事。现在以自由职业者的身份担任纪录片的导演。也就是说，收入相当有限。眼下政经类节目的生存空间每年都在缩小。和美说：

"但是，扛着一台摄像机就进入国外那些正在发生冲突的地区，这才是礼司的风格呀！因为他一向胆大妄为。"

"的确如此。所以，这才是礼司。我常想，稳定的工资并不是一生中最大的追求吧？礼司只做自己喜欢的事，我时常羡慕他。毕竟年轻搞笑艺人的竞吃比赛那类节目，并不需要什么导演啊。"

礼司突然联络他们，指定要在星期六下午的这个时间见面。据说他星期天就要踏上去印度尼西亚的旅程,所以想要在咖啡馆举行一场小规模的壮行会。

"和美刚刚离婚姑且不谈了,季理子的身边有没有不错的男人?"

身边有男人,这已经是好几年以前的事了吧,现在她甚至连想都想不起来了。既没能遇上梦中的那个人,而且随着自己逐渐成熟,也越来越觉得心动是一件麻烦事。

"事到如今,咱们确认一下这件事情怎么样?像义之这样的,根本就入不了季理子的法眼,你明白吗?"

"你可真能闹啊。这不是为了我,而是受人之托呀。"

这时,这间狭窄的咖啡店里"嘎拉嘎拉"响起了牧牛铃的声音。门开了,四周充满了雨的气息。

"哟,礼司,姗姗来迟啊。"义之挤了一下眼睛说。

吉江礼司身穿一件橄榄色美军野战夹克。看样子他穿得相当粗犷。结实的棉布上到处都是磨痕。胡子也长长了,显得有些邋遢。他注意到了他们三人,立刻径直走向窗边的桌子。他坚定的步伐和原来没有丝毫改变。和美跟他打招呼：

"啊，礼司！你竟然留胡子了。"

礼司欠了欠身，在季理子的对面落座。

"呀，这是不是有点像乔装打扮的样子？"

礼司热切地望着季理子。季理子似乎被他们的话题吸引了，问道：

"乔装打扮？"

"是的，因为我这趟要去印尼。"

和美从旁插嘴道：

"哎，原来是这样啊。"

季理子默默地嗅着气味。雨的气味，旧夹克的气味，淡淡的男人的汗味，每一种都让她心情愉悦。礼司点了一杯混合咖啡，说道：

"突然把大家叫来，不好意思。"

"真是的，不过你为什么突然要去印尼呢？"

和美问道。不知为何，礼司却望着季理子回答：

"不光去印尼。还有菲律宾、越南、柬埔寨、泰国、印度。如果可能的话，还想到阿富汗和巴基斯坦去游历一圈。按照计划，这次出行会超过半年。"

季理子百思不得其解。这和礼司一直以来从事的工作内容似乎没有半点关系。

"你在日本各地的拍摄工作已经结束了吗？"

"暂时告一段落了。剪辑完整套节目，已经交到电视台了。既不知道具体什么时候能播放，演出费也一如既往的便宜。"

义之抬了抬帽檐，问道：

"你在各地拍摄有几年了？"

"8年。"

电视导演露出惊愕的神情。

"这么多年你是怎么过来的？"

礼司笑得脸都变形了。那笑容仿佛木雕的能面一般，令人倍感亲切。

"就连我自己都不知道怎么活下来的。颇有点吃百家饭的感觉，因为总是囊中羞涩。"

季理子非常敬佩礼司能够坦承自己的贫穷。在影视圈里，充斥着太多原本没钱却假装有钱人的人。

"我本来打算继续在日本各地拍摄的，但就目前来说，地方上已然非常萧条了。扛着摄像机到处转的时候，我感觉自己的能量都被吸走了。因此，就想暂且到海外去看一看。"

"咦,别看你对钱没什么概念,倒是挺会为自己的工作考虑呢。"

和美爱说风凉话,这在电视行业里是司空见惯的。礼司似乎根本没有搭理她。

"一谈到第三世界,经常被贴上黑暗、贫穷、多病的标签。但我却打算拍摄他们阳光健康、充满朝气的一面。日本还算是富裕,但到处都是半死不活的景象,就像大病之后做康复的病人。"

和美冷不丁地说:

"我插一句,礼司有女朋友吗?有结婚的打算吗?"

"喂喂,根本没有女人想和这个一穷二白的家伙在一起吧。日本的女人可是精于算计的哟。"

义之笑着说。和美当真了,生气地反驳道:

"你说什么呢!比起你来,反倒是礼司更受女性欢迎。就连日本女人都认为钱能买来幸福,这可不是可喜可贺的事情。礼司,你现在的情况怎么样?"

礼司故意挠了挠长长的头发。

"说实话,我也和一般的工薪族交往过,还从人家那里得到了买器械和采访费用的资助。现在身边没有这样的人,也没有结婚的打算。"

义之拍拍礼司的肩膀说:

"你这家伙会不会在菲律宾来一出奉子成婚呢?"

老板娘从吧台后面走出来,将咖啡放在了礼司面前。一阵扑鼻的清香。咖啡的香气有一种直抵人心且令人身心放松的神奇力量。

这时,季理子的身体就像被捆住一样变得僵硬起来。从刚才就一直下个不停的雨的味道、夹克的味道、礼司的汗味,再加上咖啡的香气,她感到梦中的气息好像突然流淌出来了。

从那时起,已经过了20年的时光。也许这是一种幻觉,是期盼已久的心情所臆造出的香气。季理子心里有些许兴奋,但更多的是冷静。她像在那个梦中一样闭上了眼睛,将身心都集中在香气上。她一次又一次将香气分解开来,然后逐一品味,试着和梦中的气息做比较。

这种香气和梦中的十分相似,但是也不能断言100%是相同的。

即使遇到了苦苦追寻20年的香气,季理子也没有迷失自我。她感到有些寂寞,总是这样冷静地分析,导致错失了无数恋爱中心动的时刻。在人生当中，有时候劲头和勇气比理性和常识更重要。

"你在干什么呢？季理子。"

听到和美的声音，季理子终于睁开了眼睛。

"刚才呀，你的鼻子一抽一抽的，活像一只小狗呢。"

义之也起兴地说：

"你的鼻孔张着，满脸陶醉的样子。那种表情简直让人看不下去呢。认识季理子那么多年，还是第一次看到你的这副表情。"

就连季理子都感觉到自己的脸涨得通红。礼司也闻了一下味道，然后开心地说：

"我理解季理子的心情。"

义之打岔道：

"说什么呢？只有你这个家伙力挺季理子。"

"不，不是这样的。为了制定这次的拍摄计划，我提前转了好几个国家。"

和美喝了一口冰卡布奇诺说：

"哎，后来呢？"

"在国外比较偏僻的地方，有时当地人给我食物吃，我也不知道是什么。因为那都完全是原生态的。因此，不知道该怎么办的时候，我总是像刚才的季理子那样，闻一闻味道后再吃。人类的鼻子可是相当了不起啊。对自己的身体真有益处的东西，往往都有一股好闻的味儿。"

虽然礼司的这番话和季理子的目的并不是一回事，但听起来很有意思。她问礼司：

"喂，礼司，你的鼻子对女人用过吗？"

礼司笑着说：

"喂喂，放过我吧。好女人身上都有一股迷人的香味吧。那种香气即使不用鼻子闻，用直觉也能感受到。"

和美惊愕地说：

"礼司你从小是不是一点就透啊？因为你这方面的悟性极高。"

礼司沉思片刻。他把穿着野战夹克的双臂抱在一起，闭着眼睛。鼻子一抽，鼻孔就一张一合的。自己刚才就是这样一副表情吗？这种神情显得有些滑稽。礼司张开眼睛，松开抱着的胳膊，说：

"我还从来没有从这个方面考虑过气味呢。所以今天第一次尝试了一下，不知怎的，闻到了一股香气。"

义之慌忙问：

"哎，到底是谁的呢？"

礼司盯着坐在正对面的季理子，脸上丝毫没有害羞的样子。

"是季理子。"

"咦，竟然不是我！太受打击了。"

离过一次婚的和美夸张地喊了起来。

"喂喂，不可能是和美吧？"

义之一副胸有成竹的表情。

"为什么？你知道吗？"

义之抱着胳膊笑着。他瞥了一眼礼司。

"哎，够了吧。总不能从我的嘴里说出来吧。"

"这到底是怎么回事啊？"

和美噘起了嘴。季理子也觉得奇怪。两个男人之间似乎达成了某种秘密协议。

"大体上是这么一回事儿，和美和我这次就是配角，我们只要安静地坐着就好。"

"那么，主角是谁？"

季理子环视着包厢里的另外三个人。不管怎么想，主角都只能是从明天起要到国外周游的礼司。不论在什么场合，季理子都不可能预料到自己会成为中心，因为这三十五年间，她所扮演的一直是配角。

义之"嘭"的一声拍了拍礼司的肩膀。

"喂,我只能铺垫到这个程度了,下面该轮到你自己说了。"

礼司晒黑了的脸越发显得黝黑了。他是不是脸红了呢?

"我弱爆了。我盯着镜头的时候,就连端着自动步枪的士兵在旁边出现都不害怕,但此刻我却胆怯了。"

礼司一紧张,席间的气氛也变了。和美像是觉察到了什么,说:

"啊!我今天不是主角,原来是这个意思呀。"

和美朝旁边的季理子使了个眼色。事到如今,季理子还是一头雾水。或许一个人待得时间太长了,恋爱的感觉已经彻底迟钝了。礼司定睛看着她。

"我这次如果回不来的话,想见的女人是谁呢?每当这么想的时候,脑海中第一个浮现的就是季理子。"

"咻咻——"和美在一旁嘲笑。

"别闹啦,配角!"义之制止道。

和美飞快地伸了一下舌头,然后就陷入了沉默。礼司黝黑的脸涨得通红。

"因此,我恳求义之,请他给季理子打个招呼。急急火火把你叫来,真是对不起。"

礼司低头道歉,背却直挺挺的。简直就像过去的武士。季理子也不由得低头行礼。

"不,完全没有什么对不起的。"

"不过,能见到季理子真是太好了。你和我们第一次见面的时候相比,没什么变化啊。"

礼司和季理子每隔两三个月就能见一面,基本是和以前的同事聚会喝酒。两个人也曾经聊过多次,但是根本没有意识到男女之间的关系。男人的心真是深不可测。

"我觉得变了。咱们第一次见面是10年前了,比现在可年轻多了。"

自己的情况自己最了解。体重和小细纹都增加了,可皮肤的弹性和头发的光泽却减少了。不想失去的东西失去了,不必要增加的东西增加了。这就是所谓的岁月的累积吧。义之插话道:

"没有,一点都没有变呢。季理子有个毛病,就是受到别人赞美的时候,总是生气并否定自己。

你过去比现在更强势,别人一跟你开玩笑,你就说是性骚扰,然后就开始发脾气。"

来自男人的邀约少了,自然性骚扰也就随之减少了。季理子望向窗外。不知不觉间,雨好像停了。被雨淋湿的漆黑的柏油路上泛着微弱的光。在夕阳的晕染下,雨后的云朵镀上了一层玫瑰色的光晕。

"哎,要是这样的话,咱俩离开咖啡店吧?义之和我在场,礼司说话就放不开了。都是成年人了,就算义之不在场也没关系吧?"

义之伸手拿账单。

"我先付账,二位请慢慢聊。"

"那我也要付一半呀。这种时候我要不付账的话,女人会没面子的。"

和美和义之起身向收银台走去。和美轻轻摆了摆手,用唇语对季理子说:

"加油呀!"

该如何加油才好呢?此时,礼司满脸通红地陷入了沉默,季理子定格在久违的恋爱电影的镜头当中。

直到牧牛铃再次响起,两位友人走出门之后,礼司才开口说道:

"这两个家伙好性急啊。一点儿也不含蓄。"

"是呀,我们也已经不是小孩子了。"

即使被人告白,季理子心里也并没有欢喜雀跃的感觉。尽管有一种安稳的快乐,却没有了羞涩和矜持之感。单凭这一点,也许脸皮就已经变厚了。一个女人在世间打拼了三十五年,一定经历了很多。季理子单刀直入地问:

"你明天就要踏上旅程了呀。礼司,你今后想跟我怎么相处呢?"

蓄须的男人挠了挠头。野战夹克的肘部眼看就破了一个洞。下次见面的时候用皮革补丁给他补一补吧,季理子心里想。

"我真是弱爆了。尽管要离开日本半年之久,但我还是很难说出希望你跟我交往这种话。但是,我一定要见季理子的心情没有动摇。我想如果你拒绝了我,那我就干脆放弃,心无旁骛地踏上旅程。我的想法太任性了吧。"

"真是太任性了。一点也不考虑别人的心情。"

眼前的大个子男人惶惑不安地望向这边。四目相对,季理子毫无征兆地笑了:"你别摆出这么一副样子呀。我并没有生气。"

礼司微微一笑，又抱着胳膊陷入了沉思：

"今后，我到底要和季理子怎么相处呢？"

他一个人自说自话了半天。刚刚当着外人的面告白了，却又突然迷惑起来，真是个让人搞不懂的人。他用力点了点头，拍了拍自己的膝盖说：

"我从国外给你写信。于是，我们俩就开始你来我往起来。如果顺利的话，我回到日本之后，咱们就好好交往。听我说……"

他再次陷入了沉默。季理子有些焦躁了：

"痛快地说出来！这才是礼司该有的样子。"

"……我明白了。咱们也都老大不小了，就以结婚为前提吧。"

这时候抛出结婚这个沉重的话题，真不明白他到底有没有品味。这人和他从事的纪录片工作一样，做什么事都是直来直去，不懂变通。季理子点点头说：

"我明白了。那么，就以结婚为前提。咱们已经在这家店坐了好久了，去找个地方吃晚餐吧。"

休息日总是一个人吃晚饭，季理子已经厌倦了。只要桌子对面有个人坐着就足够了，哪怕对方并不善解人意。他们离开窗边的包厢，向咖啡馆的大门走去。礼司打开木门，外面的空气流淌进来。

"啊，就是这种香气！"

季理子伫立在这间小咖啡馆门前，就像被雷击中了一样。礼司的汗味、旧野战夹克的气味、洗发水的气味、雨的气味，还有雨停后从地面升腾起来的潮湿的土和灰尘的气味——扑面而来。这一瞬间，似乎所有的记忆空白都被填补了。

这正是梦中的气息。

季理子闭上眼睛，深深地呼吸。能够邂逅这一别20年的香气，真是令人欣喜至极。这时候如果突然哭起来的话，一定会吓到礼司吧。季理子强忍住盈满眼眶的泪水，说道：

"我觉得饿坏了呢。你想吃什么？今天是你的壮行会，我来请客吧。"

礼司一直为她推着门。

"那咱们去吃美味的寿司吧！"

"跟我走吧，我知道一家又好吃又便宜的寿司店。"

她再次把目光投向礼司，又深深地吸了一口令她魂牵梦绕的香气。季理子将梦中男人的面容深深地铭刻在了心间。

金子般的心

梅雨季刚刚结束,冲绳的天空如同蓝色的玻璃一般澄澈明朗。阳光就像滚烫的开水从天而降,把皮肤刺得生疼。不再是潮湿的空气包裹着身体,这儿的风吹透了身上的短袖T恤。

园田俊明透过平时在东京不戴的墨镜,眺望着那霸机场的汽车总站。那儿应该有开往目的地读谷村的长途汽车。他把巨大的背包背到肩上,向车站走去。

这次错开旅游季节的休假,是对自己连续工作十周年的奖励。

俊明在一家办公用品销售公司工作。工作内容是销售办公室使用的各种产品,但也不必硬着头皮上门推销,只需经常拜访长期合作的客户,倒也算是一份轻松的工作。不过,最近受到网络销售的冲击,价格上的竞争十分激烈。公司的战略是用细致的服务和相对合理的价格应对竞争，哪怕客户只订购一只自来水笔也提供配送。工资的话，比上不足比下有余。虽然想着要是再高一点就好了，但如今经济不景气，公司没有裁员就很不错了。

现在就不提工作的事了。

不管怎么说，俊明已经来到了初夏的冲绳。

来到这样的人间天堂，他也根本不想再考虑工作和公司的事了。

俊明确认目的地后，坐上了大型巴士。此时好像离发车还有一段时间，车上一个乘客也没有。像小时候那样，他坐在了司机旁边的前排座位上，透过蓝色的前窗呆呆地望着机场的交通环岛。

为什么来到冲绳了呢？

没有特别的理由。如果硬要说的话，大概是由于休假的前几天看的一档深夜搞笑节目是在冲绳拍的外景。节目中一对年轻的组合被迫吃一大碗冲绳岛产的辣椒，他们可怜兮兮的样子让人捧腹大笑。不擅长吃辣的那一位一边流着眼泪，一边大口吞食。

或许是看节目的字幕背景的时候，对无意间拍摄到的蓝蓝的天空和干燥的空气感觉很好。俊明立刻在网上搜索，预订了飞机票和读谷村的民宿。

"……已经和博美分手了啊。"

情不自禁地嘟囔了一句，俊明为此惊出一身冷汗。司机应该没有听到吧。中年司机单耳戴着耳机，食指轻轻敲打着方向盘，根本没理睬他。

如果还在和她交往的话，说不定俊明不会来到冲绳。休假时他一般会跑到女朋友所在的横滨，在她的房子里住下，或是在附近闲逛，或是去山下公园、元町泳池等地。去旅游是不现实的，因为女朋友有她的工作。

俊明正百无聊赖的时候，汽车开动了。也许是还没到暑假的缘故吧，长途车上只有五六个乘客。驶出机场后不久，美军基地的围栏就出现在了眼前。宿舍和仓库散布在绿油油的草坪之间，间距很大。美国人无论走到世界的任何角落，都顽固地保持着美国式的生活方式。

一个多小时后，汽车到达了读谷村。车站在甘蔗田的中央。甘蔗田里传来的声音听起来不像是叶子摩挲发出的声响，更像是薄木板啪啪地互相拍打的噪音。

俊明手里拿着打印好的地图，沿着甘蔗田里唯一的一条路向前走去。旁边再没有其他的柏油路可走了，应该只能选择这一条了吧。地图上写着距离公交站步行七分钟。他头顶烈日，刚走两步就汗流浃背了。手拿地图走在陌生的土地上，俊明渐渐产生了迷路的感觉。

这种感觉竟然让人觉得新鲜，俊明边擦额头的汗边想。在东京工作了十年之久，基本不会再迷路了。他早已适应了公司日复一日机械单调的工作，根本不需要动脑子。大学时代曾梦想将来要干一番事业，现在也早就忘到九霄云外了。

绕过作为地图上标记物的电线杆，俊明又走了大约两分钟。远处是榕树吧，那片长满厚实树叶的榕树林旁边的建筑，便是民宿了。面积有点大，是冲绳极常见的民居，砖混结构的平顶式二层楼。屋顶上悬挂着用湛蓝的油漆涂抹的招牌，上面写着"仁来民宿"几个字。

穿过敞开的铝制大门，俊明来到渔家铺着草席的前厅。不见人影，只有挂在天花板上的风扇在慢慢地转动。

"打扰了，有人在吗？"

屋里传来女性舒展的声音。

"来了——"

一位和俊明年龄相仿的身材小巧的女子从昏暗的走廊里走了出来。她穿着 T 恤，腰部松松地系着裹身裙。最让人过目不忘的，是她身材的丰腴。俊明心想，直勾勾地盯着女子身体的曲线太失礼了，转而端详起她的脸来。大眼睛、大嘴巴，长着一张典型的日本南方人的面孔。

"我姓园田，从东京来的。从今天起预订了三晚。"

"欢迎光临仁来！我是这儿雇用的店长，叫伊礼门幸惠。请在那边的住宿登记簿上登记。"

第一次见面就没有使用敬语。在民宿这种面向年轻人的廉价客栈，是再合适不过了。轻松爽快，反而得到了俊明的好感。

俊明在墙边的桌子前坐下，拿起圆珠笔在纸上填写姓名、年龄、住所、职业。每次住宿的时候都会想，写这些信息有什么意义呢？即便随意填写，也不会有人知道。不过，俊明是个一丝不苟的公司职员，还是非常认真地填写下去。

"这样可以了吗？"

俊明归还了纸和笔。受雇的店长问：

"园田先生，您的房间名叫什么呢？"

不明白什么意思。

"房间名是什么？"

幸惠眯着眼睛，笑了。这下总算和普通人的眼睛差不多大小了。

"我在这里被称为明玉，是眼球的意思。取房间名是为了让顾客忘掉外面的世界，在这里享受一下轻松的生活。取个自己喜欢的就好！"

给自己的房间取个新名字，俊明从来没有想过。正在犹豫间，幸惠说：

"那么，我来取可以吗？根据对您的印象，用我们冲绳的方言。"

"啊，可以啊。"

幸惠睁大眼睛，认真端详了俊明一会儿。嫣然一笑：

"那么，叫眼朝先生吧！"

俊明也不由得笑了起来。第一次见面才不过几分钟就被人取了外号，这种事当然是大年初一头一回。

"眼朝，是什么意思？"

"就是眼镜。因为您始终戴着眼镜。"

俊明完全忘记了自己一直戴着太阳镜，慌忙摘了下来，说：

"对不起，没留意。"

幸惠抬头看了看俊明。

"眼朝先生的眼睛不大呀。房间在这边，入住前请先看一下设施。"

俊明就像被幸惠摇曳生姿的丰腴臀部吸引着，沿着昏暗的走廊向里面走去。

"这儿是厨房。"

地面只铺了混凝土，潮湿阴暗。中间有张不锈钢料理台，沿墙壁摆放着洗涤槽和煤气灶，还有两台比俊明还高的冰箱。

"调料冰箱里有，晚上可以随意用。"

这便是这家民宿的特色。民宿提供早餐，但没有晚餐的服务，而是规定所有住宿的客人都必须亲手做一道菜肴，然后和大家一起分而食之。据说每顿晚餐都会成为素昧平生的游客们的宴会。幸惠打开冰箱门，回过头说：

"眼朝先生，您擅长做饭吗？"

因为长期一个人生活，做饭倒也并不棘手。

"新潮的饭菜做不来，但简单的没问题。话说这个民宿现在还有几位客人?"

"四个——凯瑟琳、丹尼斯、白洲和古纳。"

记起来似乎有点费劲。俊明脱下凉鞋,走进走廊。

"凯瑟琳和丹尼斯是外国人吗?"

"都是日本人。他们这会儿都在屋后的海滩。趁大家不在,先看一下房间吧。"

绕过走廊,出现了一个入口处挂着门帘的房间。幸惠掀起帘子时,帘子发出清脆的声响,屋子里满满当当地摆着一张双层床。

"这是一晚1500日元的宿舍。这样的房间还剩下两间,暑假就都满员了。"

俊明向床上偷瞄了一眼。看起来很干净的床单和毛巾叠放在床尾。果然过了三十岁,就已经没有了在双层床上过夜的心情。

"眼朝先生的房间在楼上呀。这边请。"

爬楼梯时,俊明必须把视线从幸惠被裹身裙包裹的臀部移开。

爬上楼梯,左右两侧都有门。

"我们最好的房间就是这两个。眼朝先生,您是右边这一间。"

幸惠打开房门。从敞开的窗子放眼望去，大海闪烁着碧绿的光芒。

"请好好休息吧。"

俊明拎起挎包，进了单间。旧榻榻米有些发潮，软塌塌的，但俊明没有怨言。这个海边的房间一晚 4500 日元，连住三晚才相当于在宾馆住一个晚上的费用。

俊明在榻榻米上坐下，开始收拾旅行的行李。

走在榕树林中，感觉天色暗淡了下来，黄昏将至。空气也变得凉飕飕的。

俊明换上泳裤，拿着毛巾和防晒霜，赤脚向大海走去。穿过隧道般的森林，便是白色的沙滩了。

"烫……"

沙滩上烫得简直寸步难行。俊明像在烧红的铁板上跳舞一样。

"啊哈哈哈！"

什么人在笑。一双单薄的人字拖飞到了俊明的脚边，上面写着"仁来"的店名。

"穿上那个比较好哟。这个海滩会把人烫伤的。"

俊明向着声音的方向抬起头，条件反射般地说：

"抱歉，谢谢！"

"没关系。刚开始大家都不知道。"

声音来自一个大学生模样的青年。与明玉不相上下的个子。对方亲切地笑着说：

"你是今天到的吧。我叫古纳。你的房间名叫什么？"

"眼朝。"

"可是，并没戴眼镜啊。"

"啊！"

俊明把手放在额头上去摸太阳镜。为何太阳镜总在需要时忘了戴。

"你的名字古纳是什么意思呢？"

青年噘着嘴说：

"不太清楚，好像是小的意思。"

俊明笑了。打量了一下海滩，这是块被半高的石山环抱着的半圆形海滨。又看到了三个人的身影，估计也是在仁来住宿的客人吧。俊明对古纳说：

"帮我简单介绍一下吧。"

古纳指着在榕树的树荫下垫着浴巾随意躺着的

年轻女子，说：

"那是凯瑟琳。听说是在涩谷的109百货工作。"

白色的比基尼不错，可那女子太瘦了，而且发色过于金黄。不知为何，年过三十以后，俊明喜欢上了介于性感和丰腴之间的身材。

"瞧，在那边躺椅上躺着的是白洲先生。"

戴着太阳镜的男子手里同时握着亚马逊的电子阅览器和苹果的平板电脑，现在正看着电子阅览器。在阳光直射下看不清楚液晶显示屏吧？

"白洲先生的名字，是带三点水的白洲吗？是本名吗？"

"不是，好像是房间名。"

那么就是白洲次郎了。他从剑桥大学毕业，做过吉田茂的顾问，是反抗过占领军的男人。选这样一个房间名，总觉得是个不好对付的人。看外表比俊明还年长几岁吧。

"还有那个人呢。"

古纳指着一个正四仰八叉地躺在海边、穿着松松垮垮的泳裤的中年男人。

"瞧，那人叫丹尼斯。好像是个嬉皮士。听说一直是打工存点钱就出去旅行。"

果然是冲绳的民宿，聚集了各种职业和不同年龄的男男女女。古纳把手放在嘴边喊道：

"来新人啦。听说叫眼朝先生。"

散落在各处的三人纷纷抬起头看向这边。古纳戳戳俊明的肩膀。

"喂，眼朝先生也打个招呼呀。"

俊明只得用腹部发声喊道：

"我是来自东京的公司职员眼朝。各位请多关照。"

好久没有如此大声地讲话了，俊明感觉自己几乎要眩晕了。冲绳明亮的翡翠绿色的大海展现在眼前。远方海天相交处漂浮着积雨云，但从水平线到海边的数十千米的广阔天空，却看不到一朵像样的云，就像一块湛蓝色的布景天花板。

说不清为什么，俊明想放声大笑。

留在东京的公司和工作已经无所谓了。

分手的恋人也无所谓了。

一辈子的工资总和，夏天的奖金，金融危机怎么样了，统统不关心了。眼下只有冲绳的天空和海洋。

在接下来的四天里，自己不是园田俊明，而是眼朝。

俊明大声欢呼着冲进大海。阳光热烈，海水冰冷，身体轻盈。不管怎么样，今天的一切都很美好。

俊明在海里一直游到筋疲力尽，之后就在海面上漂浮着，只是仰望着天空。虽然脑子里明白头顶的天空和东京的天空是连在一起的，却还是无论如何也不能相信冲绳的天空是那么湛蓝而自由。

俊明在民宿附近的超市买了卷心菜、大蒜和杂鱼，还有印度洋产的金枪鱼鱼块。

"哎，你要做什么菜呢？"

古纳过来看了看料理台。

"杂鱼炒卷心菜和金枪鱼芝麻拌菜。"

都是俊明拿手的下酒菜。首先嚓嚓地将卷心菜切大块，将拍碎的大蒜用色拉油炒出香味，然后用大火翻炒卷心菜。多撒一点椒盐，再放少许味精，只需90秒就完成了。之后将清炸过的杂鱼哗啦啦撒上，翻炒出锅。

把金枪鱼鱼块厚切成生鱼片，接着在酱油和高汤做成的腌渍汁中加入满满一碗炒芝麻碎，搅拌成黏稠状，浇在金枪鱼上。如果放入冰箱静置一个小时让其入味的话，口味能达到最佳，但直接吃也非常可口。

"哟，没想到看上去很诱人呢。"

古纳赞叹着，然后用海葡萄、番茄和红生菜做了沙拉。调味汁用生姜提味，主料是芝麻油和酱油。

"那么，我来做正餐主菜吧。"

刚从海里上来的白洲，穿着白色的麻质衬衫煞有介事地宣布。提前中火加热的平底锅开始冒烟，里面是滋啦滋啦缩小的牛油。白洲手法熟练地按人头的数量煎着里脊牛排。火没有调小，肉也没有立即翻面。他不紧不慢地加热煎熟。

"煎牛排，我相当擅长。去美国留学的时候，在铁板烧店打过工，看样学样就学会了。"

白洲一边说着，一边拿起半罐啤酒哔的一声洒在平底锅上。烤肉的声音和啤酒如水珠般跳动的声音重合在一起。这声音勾起了人们的食欲。口水简直要从耳朵里流下来了。

"嘿，眼朝先生，做开饭的准备吧！"

不知何故，小个子的自由职业者古纳和俊明很是亲近，总是黏着他。哎，就职于外资投资银行的白洲，其做派让人喜欢不起来，而最先坐到桌前的丹尼斯是来历不明的中年男人，所以也许只剩下俊明可以接近了。俊明只是个月薪很低的公司职员。

每人端着自己的饭菜，走向民宿后面的一个木制平台。丹尼斯用从超市低价购买的鱼骨熬制的高汤为底，做了整整一大锅味噌汤。

中年男人挠挠肚子，脸上笑开了花。

"啊，终于有肉了！"

在涩谷109百货工作的凯瑟琳，由于饭前喝了一杯啤酒的缘故，似乎已经微醺了，用夸张的声音兴奋地说：

"别看各位都是大男人，做饭却超赞啊。"

凯瑟琳面前的大餐盘上，胡乱堆满了饭团。女掌柜明玉双手端着一个盘子走了过来。

"这是冰箱里剩的，要是不介意的话，请尝尝吧。呀，大家开吃吧！"

木平台的餐桌上放着两盏LED式提灯。天空中，晚霞的余晖化作了一条条淡橙色的彩带随风飘动。空气芬芳怡人。虽然不时有几只蛾子出没，但心情已是妙不可言了。俊明先喝了杂鱼味噌汤，又大口咀嚼饭团。汤醇厚美味，不过饭团没有滋味。

"凯瑟琳小姐，这是放了盐之后包的吗？"

凯瑟琳正用俊明做的生鱼片做下酒菜喝着啤酒。

"没调味。我觉得太麻烦了，再说有这么多菜，没有滋味也无所谓吧。话说平时不都是白米饭配菜吃的嘛。"

这样说的话倒也没错，但米饭如果做成了饭团的形状，没有滋味就无法接受了。

"你不管什么事都觉得麻烦啊。这样的话，可嫁不出去哟。"

中年自由职业者丹尼斯说道。俊明问：

"请问，您的丹尼斯是丹尼斯·霍珀的丹尼斯吗？"

丹尼斯露出全部的门牙，笑了，把粘着饭粒的手伸了过来。俊明只得和他握了个手。男人的手好像粘上了似的。

"在这个简陋的旅馆里，能意识到这个的也只有你了。你和那个金钱流亡者不一样，有很好的鉴赏力啊。我很喜欢《逍遥骑士》，以前也做过一段时间和电影有关的工作。哎，目前过着一边打工，一边旅行的日子。"

被称为金钱流亡者的白洲先生看起来很有教养。似乎并没有因丹尼斯的话而影响心情。他说：

"这个社会什么都看钱啊。哎，你就对我睁一只眼闭一只眼吧。自金融危机以来，就连我们投资银行的日子都不好过了。"

丹尼斯喝了口啤酒，脸上露出痛苦的表情。

"就是因为像你们这样的赌徒在全世界狂赌，才害得冲绳这样的地方也跟着超级不景气。稍微反省一下吧。就连我，在工作上也遭受了重创。"

古纳问道：

"丹尼斯先生所说的工作，是指在汽车厂当临时工的事儿吗？"

中年男子一时语塞，含含糊糊地点点头。

"哎，提起工作一言难尽啊。"

"可不是嘛，我们公司也很过分。超过35岁的员工，除了特别有能力的人，都因为薪资高被裁员了。工作累，工资还不涨，真是欺人太甚。"

俊明想象了一下，年收入4000万日元的交易员，一旦失业，还能找到下一份工作吗？对于工作了十年的公司职员俊明来说，这真是无法想象的恐怖。白洲瞥了俊明一眼，说：

"眼朝先生是公司职员，应该了解吧。哪怕薪资再高，也会害怕哪一天突然被通知说明天不用来上班了。"

俊明点头称是。古纳说：

"但是，能在公司按部就班地工作，那是我憧憬的生活啊。"

丹尼斯大喊：

"公司，那种地方有什么好！年纪大的人趾高气扬，只知道狡猾地计算金钱。好吧，有钱人最了不起。于是，给人发工资的人却变得最赚钱。不管话说得多漂亮，社会就是这么现实。"

果然是人到中年还过着放浪形骸的嬉皮士生活的男子，说出的话都那么特立独行。

"但是，大家一起集中精力做一项工作，一起加班，一起喝酒……还有员工旅游、赏花、联谊。我非常羡慕在集体里工作。"

以海浪声为背景音乐，古纳的声音弥漫着一丝苦涩。这个自由职业的青年身上有着怎样的过去呢？俊明想找机会问一下。一直沉默的凯瑟琳说：

"我同意丹尼斯先生说的话。表面越是光鲜

的工作,内里就越肮脏。我工作的时装行业就很过分。"

"这倒是。闪闪发光,流光溢彩的时尚世界到处都是败絮其中。"

丹尼斯喝着啤酒,大口吃肉。仔细想来,晚餐每人提供一道菜的规定非常高明。没有钱的丹尼斯用近乎免费的鱼骨,吃到了包含豪华里脊牛排的晚餐。用自然的方式实现了收入和营养从富人到穷人的再分配。凯瑟琳一边用食指一圈一圈地缠绕着她烫着蓬松大卷的金发的发梢儿,一边说:

"工资非常低,又没有休假,工作环境最恶劣了。我们模特儿的工作要求成天站着,大家的腿都浮肿了,冷气开得太大得了体寒症,音乐吵闹得耳朵都快聋了。"

的确,在那种环境工作很不容易。俊明有时会把单位的送货车停在公园的树荫下,开着空调睡个午觉。

"尽管这样,自己还傻乎乎地一个劲地买名牌服装。收入的三分之一几乎都买了品牌销售的衣服。真像个傻瓜。"

古纳同情地说:

"那么，大家都立刻辞职的话，公司也招架不住吧。"

凯瑟琳吃着俊明做的金枪鱼芝麻拌菜，大喊道：

"什么，这道菜真是人间美味啊。公司方面完全不会受到困扰呢。因为整个日本有数不清的年轻人梦想在109百货工作吧。即便在职的都辞职了，也有不计其数的年轻人蜂拥而至。"

已经算不上太年轻的凯瑟琳突然脸色一沉，接着说：

"但是，当初怀揣梦想来工作的年轻人接二连三地辞职离开，我一直在旁边观望着。怎么说呢，这是一种无谓的消耗，胡乱地消耗。我已经疲惫不堪了，身心都要崩溃了。"

"这样啊……，果然社会是个可怕的地方啊。"

古纳嘟囔了一句。丹尼斯拍了拍古纳的肩膀。

"不要苦着脸嘛。今天心情不错，饭菜也好吃，唱首歌吧。"

丹尼斯拿起立在平台一隅的一把掉了漆的吉他。弹了两三个和弦，突然像念经一样念念有词地唱了起来。曲子俊明也熟悉，是尼尔·杨的老歌，民谣摇滚名曲《金子般的心》。

"我在寻找金子般的心。我在寻找金子般的心。"苍劲地重复着同样的歌词。所谓金子般的心，究竟是什么呢？

俊明听着远处的海浪声和丹尼斯苦涩的歌声。自己在那个不好也不坏的公司工作了10年。接下来还会继续干下去吧。如果算一算，可以很容易地算出后面28年的薪资。可是，那个金额能算是对自己的合理评价吗？那个金额或许只是穿着白色麻质衬衫、垂着刘海儿的白洲的五分之一。可白洲看起来并没有比自己幸福五倍。

他唱着唱着，民宿雇佣的店长明玉拿着三线加入了。虽然音色不同，但那像是用皂荚木制作的乐器发出的干涩的声音，竟然和吉他奇妙地融合在了一起。明玉也唱着：

"我在寻找金子般的心。我在寻找金子般的心。"

最后，在场的所有人一起合唱。

俊明也唱了。自己金子般的心在哪里？如果找到了，就真的能变得幸福吗？唯一能确定的是，金子般的心不会由大额的现金构成。

歌唱完了，明玉还在继续弹拨着三线。

"啊,喝酒聚餐还是要有歌助兴啊。喂,大家也都有同感吧。这么想的人举手!"

喝醉的五个人都举起了手。

"但是,明年这个民宿就要关门了。很遗憾,还有半年租赁合同就到期了。"

"哎,太可惜了。"

率先发出哀鸣的是凯瑟琳。丹尼斯说:

"到底还是离不开钱。明玉,怎么回事呢?"

榕树林似乎吸走了三线的声音。森林深处传来不知是何种动物的叫声。

"没办法啊。这儿的租赁期限明年春天就到了。在这之前如果没有筹到买这块地的钱,就要按合同规定把它归还给土地所有者。没有办法呀。"

明玉的声音越欢快,说出的话就越让人感到落寞。古纳小声地问:

"大约需要多少钱呢?"

"远超1000日元,500万呐。"

对于租住这家旅社的一晚房费1500日元的人来说,这简直是天文数字了。丹尼斯微微一笑,瞪着白洲,说:

"哟,白洲,这点钱只不过是你年收入的三分之一吧。怎么样,大方地掏出来吧。"

白洲也不甘示弱地笑着反驳:

"收益率有多少?如果能够接受,可以借给他们呀。但是,这里似乎没有投资效率值得期待的不动产。"

丹尼斯露出牙齿恶狠狠地笑了。

"哈哈哈,有钱人都像你一样只会耍耍嘴皮子。把自己的钱看得比世界上所有的东西都重要。这就是有钱人。净是为了钱出卖金子般的心的家伙。"

夜晚的木台上充满了尴尬的气氛。

"我明天回东京,先失陪了。晚安,凯瑟琳、古纳、眼朝先生。明玉小姐,这个民宿没有了,我也觉得遗憾。"

穿着白色衬衫的背影摇摇晃晃地消失在屋子里。

丹尼斯自言自语道:

"有钱人只要听到对自己不利的话,马上就会逃走。啊,太讨厌了。"

俊明想起了什么,打听道:

"丹尼斯先生好像很了解有钱人的样子呢。你在哪里认识的那么有钱的人?"

丹尼斯粗暴地拨弄了两三下倚在他凸起的肚子

上的吉他，没有回答俊明的疑问，转而对明玉说：

"喂，没有人联络我吧。也没有人来找我吧。"

明玉啪嗒啪嗒将三线弹出凄厉的声响。

"没有人来过，也没有任何消息啊。"

"是这样啊，这样就好。"

凯瑟琳摇摇晃晃地站起来。

"喂，大家一起去海边吧。"

"好啊，眼朝先生还没见过这个海滩的名产吧？一起去吧。"

古纳说着，抱起了一箱啤酒。几个人走下木台，穿过榕树林。昏暗的半圆形海滨环抱着深蓝的大海。星空有着东京不能比的明亮，但大海与白天看到的并没有什么不同。

"来到海边好开心啊！"

任凭海浪冲洗着脚踝，明玉大喊着。俊明从古纳手里接过一听啤酒，也踏进了夏天夜晚温热的海水中。丹尼斯说：

"好好看看呀！"

俊明定睛看着脚下。过了一会儿，像细小的流星一样的亮光在脚周围流动。把脚从海水中抬起，亮光也从肌肤表面慢慢地滑落到脚尖。这到底是什

么呢?古纳说:

"这是民宿的名产,叫夜光虫。"

待眼睛习惯黑暗后,俊明仔细看了起来,破碎的小小浪花像玉带一样散发着微光,在海滨形成一道蓝色的弧线。俊明将视线从脚边的微光中移开,抬起头仰望着天空。天空和海洋都充满了光的微粒。离开自己工作生活的东京才刚刚半天,就好像置身于仙境一般,俊明感觉这像是一种救赎。他打开啤酒一口气喝了一半。在冲绳的星空下,夜光虫照着脚下,再配上一听啤酒,这份惬意让人说不出半句怨言。

"喂,古纳,啤酒不够啦。再去拿一些。"

"好。"

即便被当作跑腿对待,最年轻的古纳也毫无怨言。

那晚一行人闯入海滨喝酒。至于什么时候结束的,俊明毫无印象。也许是南国岛屿带来的错觉,只记得那确实是一个无比幸福的夜晚。

醒来时,俊明感觉被子里有沙子,身体一动弹就咯吱咯吱作响。好像从海边回来后倒头便睡了。

俊明起身，摇摇晃晃地走出房间，嗓子很渴。

走下楼梯后，看了看餐厅。凯瑟琳、古纳和明玉正一脸严肃地聚在一起。凯瑟琳的旁边立着一个拉杆行李箱。白洲要走了，凯瑟琳也要离开民宿了吗？尽管只相处了一个晚上，俊明却感到十分不舍。

"……可是，社长……"

从屋后木台那边传来一个陌生男子的声音。好像有人在争执着什么。俊明低声问：

"各位，发生了什么？"

古纳向俊明点点头，说：

"有客人来找丹尼斯先生，是两个穿西装的男人。有车在外面停着。而且，他们称呼丹尼斯先生为社长，一直在说着什么。"

俊明瞠目结舌。那个铁骨铮铮厌恶有钱人的中年嬉皮士是社长？一家公司的头儿竟然能够哀伤地唱《金子般的心》？真是人不可貌相。明玉困惑地说：

"穿西装的人在说最前沿的电影什么的呢。"

那个名字在哪里听到过。是一家独立的电影制作公司，前年制作了独揽日本电影奖的热门作品。社长隐姓埋名销声匿迹。俊明猜出了大致的情况。

席卷世界的金融危机只消一瞬,就让小小的制作公司灰飞烟灭了。

"……原来如此啊。"

为了筹集电影的制作费用,必须游说许多投资人。丹尼斯厌恶有钱人,都是有事实根据的。

"什么原来如此?"明玉问道。

俊明粗略地讲了自己的判断。古纳和凯瑟琳也一边吃惊,一边频频点头。趁着夜深人静出逃的制作公司社长,故事的发展的确有些狗血。

这时,穿着褪色的夏威夷衬衫的丹尼斯走进餐厅,后面跟了两个西装男。

嗓子像被酒灼伤了似的,丹尼斯声音沙哑地说:

"让你们见笑了,抱歉啊。我再不回东京的话,好像会有麻烦的,像打官司什么的。破产的制作公司,流产的策划,都无所谓了。处理善后事宜吧。"

丹尼斯难为情地笑着走向明玉,要和她握手。

"这么长时间一直承蒙您的关照。哎,明玉,我虽然也没有钱,但有朝一日还会制作电影的,所以你也要努力,千万别让这间民宿倒闭。"

明玉大大的眼睛睁得更大了。

"我也会努力的。"

丹尼斯抬起手，打断了明玉的话。

"不，钱啊，不放弃的话总会有办法的。我的公司破产，这已经是第二次了。"

中年男子豪爽地大笑后，环视着在场的房客。俊明目瞪口呆地看着丹尼斯。也许将来有一天，这个男人能够战胜金融危机和第二次破产。

"凯瑟琳、古纳、眼朝，请帮我保密，不要把在这间民宿遇到我的事说出去。我不喜欢被新闻杂志报道。有机会再一起去海滨喝酒吧！"

丹尼斯穿着凉鞋，向等在外面的汽车走去。

"不好意思，请退房。"相对年轻的西服男对明玉说。

明玉和男人一起消失在大厅。

凯瑟琳掀开手机确认了一下时间。

"我要去赶大巴了。啊，忘了！"

涩谷的模特从粉红色的钱包里拿出两张名片。递给了古纳和俊明。在公司的电话号码下面，手写着手机邮箱的地址。

"下次在东京一起出去喝一杯吧。方便的话，叫上我们店里可爱的女孩子，在涩谷联谊吧。"

古纳当场兴奋地跳了起来，大喊道：

"太棒啦！我还没参加过联谊呢。"

嫣然一笑后，凯瑟琳又恢复了冷淡的神情。把行李箱推得哗啦哗啦作响，走出了餐厅。

"大家都走了呀。"古纳感慨道。

俊明的心里也变得空荡荡的。度假越欢乐，离别就越落寞。

"喂，时间还早，去海边喝一杯吧。我有事情想告诉眼朝先生。"

俊明和古纳从厨房的冰箱里各拿了两听啤酒，向海边走去。

海边骄阳似火，不戴太阳镜根本无法睁开眼睛。夜晚无论收集了多少夜光虫和星光，在阳光下都会消失得无影无踪吧。沙子炙热，天空碧蓝，云朵像从内部爆裂了一样喷涌而来。

打开啤酒，在榕树的树荫下干杯。冰冷的啤酒如同一支冰冷的箭穿过喉咙直线坠落。身体感受到的这份凉意，正是啤酒的灵魂所在。

俊明的手在空中停住了。把啤酒罐倾斜，刚好遮住了海天相接处的水平线。

"……怎么回事呢？"

终于有了回应。中年嬉皮士丹尼斯是电影制作公司的社长，单单这件事就够骇人了，难不成自由职业者古纳是某大企业老总的公子？无巧不成书？

古纳的声音一下子变得哀伤，盯着沙子上的影子，低着头说：

"我高中退学后就一直宅在家里。正式说来是初中毕业。"

对古纳来讲，能说出这件事的勇气无异于从高楼跳下来。俊明喝了口啤酒，润了润嗓子。

"每天都待在自己的房间里，只是看电脑和电视。感觉一周就像一天，一个月就像一周一样。等回过神来，大家都上了高中、大学，步入了社会，而我却孤零零地在自己的房间里，一步也迈不出去。光是想起来就觉得痛苦。"

"原来是这样啊。"

没有找到合适的话，俊明忍受着冲绳海滩的灼热，等待古纳敞开心扉。

"那是第三年吧。我已经放弃了作为一个普通人在世上活下去的念头。但是，没有钱是无法生存的。于是，我开始玩命研究钱。金钱在这个世界上是如何流通的？经济是什么？市场是什么？通过拼命地学习，我学到了从资本市场获取直接利益的方法。第一笔投资的资金是我存在银行的压岁钱。18岁的时候有76万日元。"

古纳发出僵硬的笑声。难道在嘲笑他自己？

"我尽管不能从自己的屋子里迈出一步，却不知为何好像很适合投资。在那之后的五年里，我的资金大约变成了原来的650倍。这超过了普通工薪族的终身薪资，相当于5个自由职业者的收入。但是，我自己却一直惴惴不安。"

古纳的个人资产有将近5亿日元了吧？对俊明来说，这是梦幻般的数字，是即便中两次彩票一等奖也无法企及的金额。

"这个有点……厉害啊。"

古纳抬起头，直勾勾地盯着俊明。

"这种东西有什么厉害的，不过是券商网站上的数字罢了。我既没有前辈也没有后辈，没有就职仪式、欢迎新人的联谊会，也没有接受过培训。不知道在公司里应该怎样打招呼，也没有出门上班的经历。我认为，财富不仅仅是金钱，还有在社会当中不断积累的经验，能和他人一起工作，和很多人保持联系。"

俊明想起自己漫不经心工作的十年。在这段并不算短的时间里，认真积累社会经验了吗？没太有自信。社会性财富不像存款一样一行一行简单地印在银行存折的上面。古纳的声音越发消沉了，发泄般地说道：

"喂，眼朝先生，你明白吗？我不过是有钱的穷人。"

一道闪电落到了俊明的体内。他发现自己把财富和金钱完全画上了等号。每日忙于工作，俊明的思想也随之变得浅薄狭隘。但是，不仅仅是他自己，很多日本人都这样，在广袤无垠的宇宙中，能切身感受到的只有GDP和终身收入。不过都是些数字罢了，用来展示人类的财富的，只是单纯至极的数字。

"古纳太了不起了！"

俊明不由得发出了感叹。说他了不起，不是指靠投资赚了五亿日元，而是在那之后还能认识到自身的匮乏。面对巨额的财富，古纳的精神世界没有崩塌。

"没有什么了不起的。我没有和女孩子交往过，没有全职工作过，也没有人生目标。趁别人都在因担忧国债危机和经济再次跌入谷底而惶恐不安时，我却靠抛售获利百分之十七。或许丹尼斯先生公司的倒闭,也是因为有了像我这样的人。"

古纳准备购买这家民宿。

在投资中,对道德的要求应该达到什么程度呢?答案难以给出。不过,没有投资就很难有发展。俊明毕竟是经济学专业的毕业生,难以赞成全盘归咎于市场的偏见。

"话说回来,古纳,你买这家民宿准备做什么呢?"

小个子青年歪着头。远处的空中云卷云舒,正在孕育积雨云。

"不知道。但是,我希望民宿能继续经营下去。而且,我不想只有钱,必须逐步积累通过金钱和人产生某种联系的经验。"

俊明想起已经分手的女友,她也是自己宝贵的财富。尽管分手了,但不论是她还是俊明自己,都通过这场恋爱变得丰盈了。

"再也不能把古纳叫作穷人了。"俊明笑着说道。

海风吹来,头发渐渐冷却。不知不觉心情大好,简直想放声大笑。

"你马上就是民宿的老板了,说不定第一次联谊就能交到女朋友呢。"

古纳也笑了，脸上像开了花。

"要是这样的话，可就再好不过了。喂，眼朝先生，你知道我为什么来这个民宿吗？"

俊明看着潮起潮落。绿色的大海，还有蓝色的天空，这世界单纯而又美丽。他没有回答古纳的问题，现在只是喝着啤酒就心满意足了。

"啊，虽然无关紧要，但'仁来'在冲绳语里是心和金钱的意思。总觉得自己似乎沾了行情的运气，就选了这间民宿。所以，当丹尼斯先生唱《金子般的心》的时候，我特别惊讶。啊，原来这里也有寻找心灵和金钱的人啊。"

俊明只是笑着。等再喝完一罐啤酒，就回民宿好好向明玉汇报吧。古纳肯定会成为一个好老板的。俊明或许也会每年夏天来到这里，重新思考真正意义上的工作和人生的财富。不仅仅是埋头工作，这是每个人每年都应该认真思考一次的问题。

不过，这都是后话了。此刻，就吹吹冲绳的海风吧。等喝完剩下的一罐半啤酒，就回到那家以人的心灵和金钱命名的民宿。

23 点的书店

蓝白条纹的长袖制服衬衫，结实的米色帆布围裙。书店的工作是体力劳动，经常抱着纸箱走来走去，不可能穿时尚的工装。

本谷弓佳站在收银台旁。这是一家位于东京近郊的中等规模的连锁书店，有正式员工 5 人，临时工 16 人。弓佳负责的是这一带不太畅销的文艺书籍专柜。

今天又是漫长的一天。墙上的时钟即将指向 10 点半。书店的营业时间截止到晚上 11 点。虽然夜已深，但店内依然灯火通明，还有相当多的顾客。在弓佳眼里，所有的人都显得疲惫不堪，这或许是因为自己的眼睛累了的缘故吧。

一位年轻的女子站在收银台前最显眼的平台上。千鸟格长风衣搭配一双时下流行的黑色长靴。围巾是嫩嫩的绿色。二十出头的漂亮女孩，她纤细的手指伸向一本书。那是弓佳在海报上推介的自己心仪的作家的新作。

"这本书讲了一个很有趣的爱情故事,一定要读一读呀!"弓佳从收银台旁一脸平静地向她发送"心念电波"。

女孩哗哗地翻了翻书,又立刻放回了原处。弓佳心里很是懊悔,作为一个再普通不过的书店店员,似乎没有超能力让她购买自己喜欢的书。

一位年轻男子穿过自动玻璃门走了进来。粗毛呢外套配牛仔裤,围巾也是一样的嫩绿色。男子径直走到收银台前。

"抱歉,等了一会儿了?"

"没有,没关系。"

弓佳一直站在收银台后面,她知道女生已经在店里徘徊了快 20 分钟了。

"不买本书吗?"

"不了,没有特别想读的书。最近没有有趣的书呢。"

弓佳心想,这是不可能的。任何一个时代都必定有好书。只要用心寻找,就一定能遇到好书。尽管弓佳每天几乎淹没在新书的海洋里,每个月也还会遇到几本令人心动的好书。或许是一天24小时都在触摸纸张的缘故，手和手指都干瘪瘪的，没有一点儿脂肪。即便如此，弓佳依然很喜欢这份工作。

弓佳想起一位作家在书的后记中写的一段话：

"在这本书到达您的手上之前，存在着复杂的过程，但无外乎是'如果只是一份工作的话，不会选择这么辛苦的事，果然还是因为爱书啊'。"

弓佳的工作并不像作家那样一直沐浴着耀眼的光环。也不像大型出版社的编辑，可以用公司的经费大快朵颐，喝得酩酊大醉。即便如此，整天穿着围裙、满身灰尘、默默工作的弓佳，也承担着将书送到读者手上这项自我感觉了不起的工作。疲惫的时候，也会感到悲伤或吃力，但还是满怀骄傲地坚持做了下去。

两个年轻人手牵手走向夜晚的街道。

弓佳最后一次约会，已经是两年前的事了。平时除了书店的工作就是读书，就连时间都不清晰了。

"最近，这家店经常被用来约会啊。"

从柜台对面传来响亮的声音。是打工的大学生成岛瑞树。他个子瘦小，搬运装满书的纸箱时，有时会脚步踉跄,没有什么体力。

"真是的,哪怕买一本书也好啊。"

"刚才已经把井岛多良的新书拿起来了呢。那本书很有意思。本谷小姐写的文案超级棒。"

并不是每个人都爱书,会用心地核查新书。也有人像销售汉堡包和牛仔裤一样,把书当作普通的商品来对待。不过,瑞树是难得一见的爱读书的打工者。他虽不是特别帅,但长相也让人挑不出什么大毛病。服装的品位也相当不错。瑞树就读于一所中上的私立大学的法学部,成绩好像也不错。

酷爱书的弓佳是这家书店最热衷于交流书讯的人。

"这次直木奖的候选人会是谁呢?本谷小姐,你有预测吗?"

在芥川、直木两个奖项揭晓之前,很多书店里的员工会小赌一把。大家按自己的想法预判获奖者后,用小额下注。当然,对于负责文艺专柜的弓佳来说,这不仅仅是一个游戏,也是一项工作内容。获奖者揭晓之后再订货就迟了,必须根据自己的判断提前下订单。弓佳最近两次都猜中了获奖者,从而直接提高了销售业绩。

年龄比弓佳小七岁的瑞树神色紧张,目光躲躲闪闪。他说:

"本谷小姐,待会儿我有话要和你说。"

弓佳起初并不明白瑞树是什么意思。他一直都是语气轻松地和弓佳交谈,不知为何突然变得郑重其事起来。接下来,弓佳沉睡的恋爱直觉终于苏醒过来,难道是……?她佯装平静地对小七岁的临时工说:

"嗯,好的。"

弓佳很想刨根问底,问他到底有什么事,是以什么样的心情邀请职场前辈的,可她却在即将结束营业的书店的收银台里,默默地环视着这家灯火通明的书店。此刻太过贪婪的话,会使踌躇不前的人落荒而逃的。弓佳感到不可思议的是,从如今的大多数年轻男性身上,基本感受不到对恋爱的热情。很多男性不论是对书店的工作,还是对重要的书籍,抑或是对恋爱和游戏,都没有多少热情。或许,她自己在对方眼中也是一样的吧。

"打扰了。"

一位中年工薪族向收银台走来,好像有些微醺。他涨红着脸,问道:

"是什么来着，好像叫《日本的危机》，最近刚出版的经济类的书。"

收银台前的瑞树认真地询问：

"您知道作者的名字或者出版社吗？"

男子大声笑道：

"完全不知道呢。检索信息是你的工作吧？"

又是一个不按常规出牌的顾客。日本一年发行的书籍超过上万种。如果只浏览摆在外面的那些畅销书，不可能立刻找到他想要的那本。瑞树向他点头说道：

"那么，我带您去经济类专柜，请往这边来。"

瑞树趁顾客还没来得及提出问题，就转身离开了。正当弓佳望着沿着明亮的过道远去的瑞树的背影时，小七岁的打工人也回头向收银台方向瞥了一眼，还故意耸了耸肩。这让弓佳心里小兔乱撞，可他却一副游刃有余的样子。有那么一瞬间，弓佳这个老资格的正式员工萌生了扔下收银台打道回府的念头。

两个人在熄了灯的书店前汇合，然后向车站前一家营业到凌晨四点的咖啡店走去。这家店比不上市中心的店时尚，是在白板上写着当日推荐套餐的那种店。松软的座椅上搭着红色天鹅绒。弓佳一入座就说：

"有什么话要说呢？在大半夜把人叫出来，总要有什么理由吧！"

弓佳从小就有一紧张就言语苛刻的毛病。虽然因此吓跑了几个男人，但与生俱来的性格是不会因为失恋这种事就改变的。瑞树低下眼帘说：

"本谷小姐，你有男朋友吗？"

瑞树尖尖的脸颊涨红着，瑞树抬起头，目光分外认真。这是闪电告白吗？常规的套路不都是从闲聊开始吗？点的生啤还没上呢。

"没，这，没有，为什么这么问呢？"

想来自己真是可悲，竟然在一个大学生面前乱了方寸，但无论如何也没能说出自己已经两年没有男朋友了。

"虽然学校里有很多不错的女生，但却没有一个能和我畅谈书籍的人。我毕业以后，无论如何都想从事和书相关的工作。因此，如果认真交往的话，我想找一个喜欢并了解书的人。"

弓佳内心狂喜，但声音却很冷静。

"成岛君,你知道我多大了吗?"

"28岁。"

"虽然我结婚的愿望并不特别强烈,但你知道和这个年龄的女生交往意味着什么吗?"

瑞树的目光没有从弓佳身上游离。他定睛凝望着弓佳。虽然还是个学生,但却无比坚定。

"我知道。本谷小姐还很年轻啊。我认为年龄完全不是障碍。或者,你不能接受姐弟恋?"

"倒也不是不行。"

不是不行,只是从来没有经历过。最近偶尔看到年轻的男演员,也会觉得好可爱啊。尽管在25岁之前,从未将年龄比自己小的男生当作异性看待。

"那么,你觉得我怎么样呢?列举10个喜欢的作家,其中有7个完全一致。除了本谷小姐以外,没有人和我有这样的默契。"

的确,那一刻弓佳也感到非常吃惊。将来会怎么样呢?她拿起服务生端上的生啤和瑞树干杯。听着玻璃杯碰撞发出的清脆声响,弓佳开始从容地考虑如何答应男生的告白。

龙与花

嫩绿的树叶在空中飞舞。

透过透明的沙沙作响的绿叶,春日的天空隐约可见。小岛透子向校门口沿街的榉树下走去,那是她和朋友约好见面的地方。下了第四节课,这所位于市中心的大学校园里人头涌动。

生日是 5 月 20 日,也就是说两周后就满 20 岁了,透子已是大二的学生了。真命天子很快现身的话也不足为奇了。当然,对方不必是富贵多金的白马王子,也不必求婚,只要认真地说喜欢透子,眼里闪闪发光地渴望得到透子就足够了。

透子走在郁郁葱葱的草地上,低头打量着自己的脚尖。缠着金色细带的凉鞋里,趾甲透着淡淡的珍珠粉色。透子一直在认真地做足部护理,所以脚踝纤细。虽然细的原因只是因为瘦,但透子依然认为自己的脚型很好看。

从今年起，透子封印了牛仔服和其他裤子。即便天气寒冷也努力穿裙子。"肯定是因为自己缺乏'女性魅力'，男生才不来搭讪的。"透子对此深信不疑，所以连续五个多月一直穿裙子，结果却还是一无所获。透子觉得大学里的男生真是没有眼力，即便她穿上迷你短裙搭配大开领无袖针织衫，也无人问津。

是不是该放弃所谓女孩味儿十足的装扮了？透子正皱着眉走着，突然被人拍了下肩膀。

"透子，你听说了吗？户川学长的事。"

是同年级的塚本萌美。

"不知道呢，什么事呢？"

萌美和她并肩走着。尽管身高比透子低了五厘米，但萌美的胸看起来明显要大两个罩杯。

"听说户川学长又和女孩儿分手了。总是换来换去的。受女生欢迎可以理解，但也未免有些过分了吧？一玩腻了就甩掉。那条大龙太色了，危险得很呀。"

户川的名字是龙儿。他本人不在场的时候，社团的成员都叫他大龙或色龙。透子感觉脸颊微微发红，假装平静地说：

"这也没什么不好吧。女生也得到了快乐啊。一分手就说被人甩了，被玷污了，这都是女生的坏毛病。"

"果然，透子就是酷啊！"

这正是透子的个性。卷着竖卷大波浪，是因为想得到宠爱，而不是想成为冷酷的女王。透子满脑子都是户川，从加入社团起就一直听到关于他的流言。

这条大龙最近更危险了。在学校的自助餐厅遇上或社团聚餐碰面时，他总是有意无意地坐在透子身边，态度还格外殷勤。目光相对时，他把细长的眼睛眯成一条缝冲她笑，说如果有不明白的地方他可以教给你，还缠着一起去图书馆什么的。

透子扪心自问，承认和他在一起有时会感到发自内心的开心，但千万不能上那条色龙的当。这不仅会在社团和校园里掀起风言风语，还会被那些心底里想看热闹的女生们当成老套的悲剧女主角，万万不能这么做，所以必须严防死守。

透子所在的社团是一个有关美食研究的同好会，一月两次游走于各处的餐厅品尝美食，然后在会报或互联网主页上发布体验报告。以前是以拉面为主题，从今年春天开始换成了文字烧。

社团的成员们已经在正门前的草坪广场上集合了。有个男生一看到透子就过来打招呼，他是法学部的片桐纪夫。白色的衬衫搭配一条米色休闲裤，这是个总是穿戴清爽的优等生。

"小岛小姐，上次的日本文学课你因为流感请假了是吧？我把笔记借给你吧。"

透子面对一板一眼的片桐有点不知所措。

"谢谢。不过，我可以借萌美的，不用啦。"

"咦，但我认为片桐同学的笔记绝对比我的好很多呢。"

片桐成绩优异，考试前社团内部流传着大量片桐笔记的复印件。

"不用啦，不用啦。"

透子口中这样回答，视线却在寻找龙儿。明知是不应该靠近的人物，为何又偏偏如此在意呢？远处传来轻音乐社团的什么人弹奏原声吉他的声音。网球社团的一年级学生正做着拙劣的截击练习。在学生如春天的新芽般涌动的广场上，龙儿格外引人注目。

银色挑染的头发，薄款的绒面衬衣，胸前有三颗扣子解开着，厚实的胸膛中间垂着一个大大的银色骷髅。这身打扮与其说是大学生，不如说更像某个繁华街区的街头小混混。透子的大学里老实本分的学生居多，龙儿在里面绝对是另类的存在。也许是注意到了透子的目光，龙儿结束了和大三学生的谈话，向这边走来。那么，防守的时间到了。透子以战斗的姿态等候大龙。

"透子今天好可爱啊！"

龙儿眯着眼睛，笑容满面。能感觉到他的视线移到了透子穿着无袖上衣的肩部。

"胸虽然很一般，上臂却真美啊。"

有这样称赞别人的吗？透子心里乐开了花，表面却佯装平静。

"谢谢你习惯性的赞美。"

片桐插嘴道：

"户川学长，听说你和女朋友分手了，是真的吗？"

龙儿故意露出惊讶的神色。透子心想，这副煞有介事的表情正是这人的讨厌之处。胸口骷髅头的眼睛变成了暗黑的窟窿。

"这个女人压根不存在。怎么老是传我的闲话呢。我分明是个专一的人。"

龙儿一边坏坏地笑着,一边摆弄着银色吊坠的顶部。他说这话鬼都不会相信吧。透子微微冷笑着转过身去。

"片桐君,户川学长和谁交往,和谁分手,和你没什么关系吧?"

"太酷了,透子公主。"

"不要突然叫人公主。"透子感觉脚下摇摇晃晃地站不稳了,她连忙离开危险的龙儿,逃到安全的女生们那边去了。

月岛是一块漂浮在东京湾的长方形的填埋地。从市中心出发也就需要十几分钟,交通十分便利。由于最近十年冒出了大量的文字烧店和超高层公寓,这里才变得有名起来。透子和社团的十几个人一起不紧不慢地爬上地铁的台阶。

一踏上西仲通商业街,铁板的香味就随着春风扑面而来。沿街近百家文字烧店鳞次栉比,竞争十分激烈。一行人悠闲地走在黄昏的商业街上。人气高的店铺外面已经排起了长队。

社团热心的部长找到了与主干道相隔一条街的一家专营海鲜文字烧的店铺，看起来是家刚开张的新店。几名成员正在用数码相机拍摄文字烧店的外观和摆放在街上的灯饰招牌。

他们包下了二楼的大堂，成员们4人一组围坐在铁板周围。不知为何，透子的那一桌除了萌美之外，还有片桐和龙儿。龙儿大喊道：

"喝生啤的人，举手！"

他自己率先举起了手，斜眼看了透子一眼。

"透子不喝吗？还没见过你喝醉的样子呢。"

透子酒量不大，她不喜欢自己一喝酒就容易脸红、犯困的毛病。

"请给我乌龙茶。"

萌美举手，声音甜美地说：

"大龙学长，我替透子喝吧。"

仅仅等待是不够的，还需要积极争取。透子冷静地做出了判断，眼睛盯着铁板，等着它变热。

透子点了特选海鲜、明太子芝士年糕等文字烧，还要了炒面和饭后甜点。透子的桌上主要由龙儿"掌铲"。龙儿的手很巧，做饭也不拖泥带水。吃着热乎乎的饱含融化了的芝士和明太子颗粒的年糕，透子由衷地佩服。出色的人做什么都出色。邻桌开始用酱汁制作黑色炒面，但龙儿却说要用白色的咸鲜面收尾。

"文字烧之后再用酱汁的话，味道就太重啦。"

龙儿一边用小盘分装，一边朝透子微笑。他向前躬身的时候，透子窥见了他的胸膛，激动得几乎要晕厥过去。透子已经吃饱了，剩了半盘炒面。

"剩饭太可惜了。给我吧。"

龙儿抢走透子面前的小盘，将炒面一口塞进嘴里。他故意把嘴里塞得满满当当的。一个让人恨不起来的家伙。

"甜点是红豆冰激凌呀。"

小小的铝碗里装着面糊和红豆。另一个小碟里放着一个冰激凌球。只有一个勺子。萌美问：

"户川学长，这个到底怎么做啊？"

龙儿拍了拍胸口，银质骷髅也随之晃动，熠熠闪光。他把勺子插进碗里，搅拌面糊和豆馅，将变成深褐色的面糊滴在已清理干净的铁板上，用勺子的背部抹平。手腕灵活地转动了几次后，铁板上出现了一个烤好的完美的圆形饼皮。

"太厉害了，户川学长，天才！"

萌美尖声说道。龙儿将冰激凌分成两半摆放在饼皮的中央，勺铲并用，利落地将冰激凌卷了进去。最后他用铲子将它分成两份，分别装在透子和自己的小碟里。

"萌美的请片桐君帮忙制作吧。"

萌美听罢，气得两腮鼓鼓的，但龙儿还是冲着透子笑道：

"我们说开动吧，一起吃吧。"

透子目不转睛地看着小碟里酷似法式薄饼的冰激凌卷，小声说着我不客气了，然后尝了一口。外皮热气腾腾的，但里面的冰激凌却冰得牙齿打颤。非常甜，非常美味。她觉得就像龙儿一样，外面虽然看起来无比温柔，但内心却冷若冰霜。尽管如此，透子还是把甜品一扫而光。料理能体现出一个人的人品。龙儿制作的食物蕴含了他的干脆利落和体贴入微，透子并不是美食家，但能体会出来。

片桐模仿龙儿的动作，也挑战制作这道甜品。从开始到搅拌面糊的环节都很顺利，但接下来无论怎么摆弄勺子，都不能成功地将面糊摊大摊圆。手忙脚乱中，饼皮七扭八歪，凹凸不平。拉开架势再要重做一个的时候，冰激凌开始融化了。铁板上的

哪是法式薄饼呀,倒是像又上了一份文字烧。萌美大怒:

"片桐君,你太菜了。算了吧!"

龙儿和透子看着片桐和萌美,露出了心照不宣的笑容。

"还需继续练习呀。不管怎么说,我们可是美食家研究会啊。"

片桐非常沮丧,一句话也没说。低头看着一片狼藉的铁板。

"太浪费了,吃了吧。"

龙儿手握铲子,将融化的冰激凌放入口中。

"太难吃啦,片桐你也吃啊。"

两个男生埋头苦吃,打扫了甜点的残骸。

走出海鲜文字烧店的时候,已经过了晚上九点。返回西仲通后,部长发话了:

"今晚就地解散。坐地铁回去的走那边,步行到银座的,请跟我来。"

透子混迹在少了一半成员的人群中,跟在部长的后面走着。从商业街转弯,走进了一条公寓林立的漆黑的街道,不一会儿就看到了灰色的堤坝。

"对面是隅田川。好不容易来一趟,咱们穿过公园去看看吧。"

爬上被堤坝切断的台阶,只见夜晚的河流变成了一幅流光溢彩的画卷。河两岸是密密麻麻的高楼大厦,景色开阔,一览无余。远处的胜哄桥闪着蓝色的灯光。龙儿在透子身后说:

"我认为这里的景色是东京的大厦街景中最美的。有河,有桥,大厦和大厦之间还有天空。"

透子没有回答,向河边铺着瓷砖的公园走去。河边带着湿气的风,使皮肤有些沉重。风吹过裙底,似乎留下了温柔的湿度。透子感觉到,龙儿从刚才就一直跟在自己身后几米远的地方,觉得自己先搭话也不太自然,于是就一直沉默。喝醉的人们几人一组散布在宽阔的河床上。其中,有男生冲着黑暗的河面发出奇怪的声音。

"透子,你有喜欢的人吗?"

听到龙儿用真诚的声音发问,透子僵住了。明明一直在走路,她的手脚却非常僵硬。龙儿的声音比自己预想的要冷很多。

"那个人不存在呀。"

玻璃屋顶的游览船穿行而过,灯光洒在夜晚的河面上。龙儿的声音大了起来：

"为什么，非高层次的人不行，是吗？"

想大声喊出"没有这回事儿"，透子对男人没有过高的要求。只要喜欢自己，目不转睛地看着自己就足够了。没想到竟然连这种要求也难以达到。透子靠在河岸边的白色栏杆上，不服气地提高了声音：

"不可能这样吧，我这两年一直在寻找恋人啊。"

透子觉察到龙儿在夜色中向她靠近。龙儿把手放在栏杆上，和透子并排而立，面对着夜晚的河面。声音小到几乎听不到，总感觉他有点发抖。

"那么，我这样的不行，是吗？你可能总是听到不好的传言……"

透子转过脸看着龙儿的眼睛，就在这一刻，感觉如同触电了一般。也许龙儿的确是随随便便的人，但在这个瞬间，他是认真的。在他的身后，灯火通明的高层大厦斑驳地映入眼帘。他们放在栏杆上的手指只有几厘米的距离。如果把这只手放在透子的手上，也许今晚就能开始些什么。

"部长已经在前面了，户川学长也快一点吧。"

背后传来片桐的声音，把她拉回了现实。透子没有向龙儿做任何回应，转身离开了。耳边传来微弱的流水声，但透子没有回头。

那晚之后，透子过着混混沌沌的日子，情绪忽而高涨欢欣雀跃，忽而低落郁郁寡欢。相比其他的女生，透子一直觉得自己属于情绪稳定的类型，但现在却像春天的暴风雨般瞬息万变。

一直没有机会和龙儿碰面。在通识课程《心理学概要》课上，透子碰到了萌美和片桐。在闷热的阶梯教室里魂不守舍地等着上课时，片桐突然说：

"下课后我有话跟你说。"

萌美吃惊地看了看片桐，又对透子挤了一下眼睛，没有出声，做出了"加油，透子！"的口型。

透子心想有什么油好加啊。之后的90分钟里，老师讲了比人的意识更广阔的无意识的世界，透子记了笔记。

学校自助餐厅的外观如同一个玻璃展厅。里面夏天热得好像种植热带植物用的温室一样，五月的话，温度刚刚好。片桐给透子买了杯意式咖啡。透子酒量不大，喜欢喝浓咖啡。

"前几天，你和户川学长很危险啊。"

那大概是危险的事吧。透子看着身穿清爽的浅灰蓝色和白色相间条纹衬衫的片桐。

"小岛小姐以前说过,必须注意像大龙那样的危险人物。总觉得气氛有点不妙啊。"

片桐看着透子。透子正发着呆,片桐开口道:

"我喜欢小岛小姐很久了。你可以先把我当作一个轻松的男性朋友,你愿意和我交往吗?"

看了一眼这个一直关注着自己的同龄男生,透子的内心没有任何波澜。

和这种认真善良的人交往的话,女生或许能获得幸福。假如这不是自己,而是其他某个人要谈恋爱的话,自己一定会推荐片桐吧。透子略带感伤地说:

"我现在还不是很清楚。给我一点时间,好吗?"

透子的真诚似乎感染了片桐。优等生神采飞扬地说:

"时间要多少有多少。好庆幸上了这所大学,能遇到像小岛小姐这样的人。"

透子只是微笑。大家都说,不论是谁一生之中都有几次走桃花运的时候。几天之内两次被告白,这是透子有生以来第一次享受高光时刻吧。这种感觉竟如此不真实。

透子眯着眼睛，目送片桐离开自助餐厅。

在自助餐厅被片桐告白的第二天，龙儿突然打来电话。

"透子，现在在做什么？"

透子望着校园里的满目葱茏，回答道：

"我正在犹豫不决，到底是直接回家呢，还是去涩谷购物呢？"

龙儿的声音异常明快：

"那么，约个会吧。还记得涩谷公园的那家咖啡馆吗？社团曾经去那里研究过那不勒斯咖啡。"

"NHK前地下平台的咖啡馆？"

"对对，20分钟后我在那里等你。"

没说再见就挂断了电话，大龙应该知道透子还有不去这个选项吧。

35分钟后透子才走到咖啡馆，给龙儿的惩罚不过是15分钟的等待。龙儿说："以为你不会来了呢。"语气中透着胜券在握的自信，让透子觉得心有不甘。

　　龙儿只字未提那晚发生的事。自始至终都是像平时一样既轻松又轻佻的大龙式谈话。透子被逗得笑了起来,但也不由得问自己这样做是否合适。就这样慢慢地交往可以吗?与片桐令人心疼的认真相比,大龙在这方面的道德标准是什么呢?在咖啡馆待了40多分钟。黄昏时分,两人向代代木公园走去。

　　不再炽热的阳光给两人全身上下染上了一层橘黄色的光晕。他们拖着长长的影子走在步行街上。透子不明白为何如此快乐。龙儿习惯性地抬起胳膊,突然搂住了透子的肩膀。

　　男人手臂的重量让透子清醒过来。

　　"连喜欢都没说就搂肩吗?"

　　与龙儿四目相对,两人相隔只有几十厘米。从凝神回望的目光中,透子深切感受到了真诚的力量。

　　"不是这样啊。我尽管看起来身边莺歌燕舞的,但难道透子公主不明白吗?我也没有特别轻松。一直以来,不管和谁开始恋爱,我都是不顾一切的。"

　　透子只是点点头,快走几步跟上了龙儿的步伐。一股幸福感突然涌上心头,很想和龙儿一起在市中心的公园散步，直到天亮。那一定很美好。哪怕某天会遭受重创，但只要将此刻珍存在心中，透子就别无他求了。

透子将手轻轻放在了搭在自己肩头的那只手上。

第二天，透子向片桐表明了拒绝的态度，并把决定和龙儿交往的事如实相告。或许透子已经在潜意识中毫不犹豫地选择了龙儿。

属于透子的一段爱情就这样开始了。

魔法按钮

在我上过的幼儿园，曾经流行着一种名为"魔法按钮"的游戏。

大家把肩膀的骨头尖儿，也就是如孤零零的小岛般从皮肤上凸起的那个圆圆的部位唤作"按钮"。如果被人按了右肩的按钮，那个孩子就会变成透明人，所有在场的人都看不到他，他也就可以随心所欲地恶作剧了；反之，如果被人按了左肩的按钮，身体就会变成石头，在被下一个人按之前，必须静止不动。这是在郁金香、三色堇盛开的庭院里，孩子们玩的一个小游戏。

时至今日，我仍然时常想，要是所有的人都有魔法按钮该多好啊。按右肩的按钮变透明，按左肩的按钮变石头。东京的人太多，人们太匆忙了。要是大家互相按动按钮，有人消失有人石化就好了。这样的话，这条街就会一直保持安静。

如果能够变成透明人,失恋的悲伤也会变得透明轻盈,一个人哭泣也不会被人发现吧;如果变成石头,就一直静止不动,将悲伤凝结后深深地沉在心底。

但是,我们没有魔法按钮。

我就这样等你。

一边想着你肯定还在睡觉,一边心烦意乱地看着手表。

让一个超过二十年的朋友一直在等待,是不是太过冷漠了呢?

是这样吧,萌枝。

在下北泽的这间开放式咖啡馆约会很是微妙。许多人在狭窄的小路上来来往往,淘着二手衣服和杂货。在距离拥挤的人流大概半米的地方,我跷腿坐在扶手椅上。

夏日黄昏澄澈的光,颜色没有芬达橙深,但比果粒橙浓。掠过柏油马路吹来的风里,依然残存着白天蒸腾的暑气。我拿出手机,输入那个拨打了无数遍的电话号码。

"啊……"

只传来一声你昏昏欲睡的声音。预测一下如果发送邮件的话，会出现什么样的内容呢：什么事啊？正睡觉呢，你说什么呢？怎么样都行。要是心情不好的回复，上述任何一个都是正确答案。

"萌枝，约好的时间已经过了二十五分钟了。"

刚起床的你沙哑着嗓子说：

"不好意思。一直喝到了早上。我十分钟后去找你。"

听到你的话，我却慌乱起来。

"没关系，别着急。女生都这样，还是好好地……"

电话被挂断了。正茫然不知所措时，发现邻桌的情侣正用奇怪的眼光看着我。我合上电话，把它放在铝制的折叠桌上。头顶的榉树上满树嫩叶，一片叶子刚好落在了拿铁杯子的旁边。我用手指捏起这片轻薄如水的叶子，将它扔在脚下的石板路上。

摆出一副满不在乎，早就习以为常的表情，跷起了二郎腿。在这之前，我用鞋底将那片鲜嫩的叶子踩成了碎片。

十分钟后，你果然出现了。

皱皱巴巴的青绿色休闲装，喇叭牛仔裤。因为你是高个子，倒也没有不合身。刚起床没来得及梳头发吧。中长发勉强塞在黄灰色的鸭舌帽里，蓬乱的碎发在脖子后面翘了起来。休息日自然是素颜。

"不好意思，不好意思，等很久了？"

等了三十五分钟了，但毕竟是我临时约的，所以也没法说什么。我点点头，说：

"这个先不提了，你又去喝酒了。明明说过不再通宵喝酒的。"

"我废了。一喝酒就控制不住自己了。喝了酒，就会觉得啊，好自由啊。不说这个了，你是不是瘦了？"

在与前女友分手的四天内，我的体重减轻了三公斤。今天是死里逃生的第五天，也是遭到重创后的第一个星期六。

"瘦了。失恋似乎有助于减肥。"

"但是，隆介你没有减肥的必要吧。女人可不喜欢瘦骨嶙峋的身材。"

我看到了被你两条胳膊几乎撑破了的休闲装的袖筒。

"喝酒喝胖了的25岁的职业女性,我想男人也不会喜欢吧。"

"本来是想听听你悲伤的失恋故事的。喂,想吵架吗!"

你从幼儿园起就几乎没有什么变化。那时候,你或者和男生扭打在一起,或者在一边冷眼旁观,说一些老成的风凉话。20年后的今天,依然没有一丝一毫的改变。

"不,我完全没有吵架的劲头。这几天基本上没吃东西,看见什么都觉得难过。"

你抬眼看了看走过来的服务生。

"不要这样丧气嘛。来一瓶科罗娜啤酒。"

"刚睡醒就喝啤酒吗?"

"男人无聊的失恋故事,不喝酒哪能听得下去呢。"

你看着系着黑色围裙的服务生的腰,说:

"果然还是倒三角好看。正是好机会,隆介也稍稍健一下身,说不定也会让早纪对你刮目相看的。"

眼前一片苍白,世界也阴郁起来了。我倾尽全力让自己的声音不颤抖。

"能不能不要在我面前再提起这个名字？求你了。"

你嘿嘿地笑了。

"不是有一种反向疗法嘛。今晚一直说这个名字怎么样？"

我望着你的眼睛，认真地说：

"求你了。"

你一边把柠檬片塞进服务生送过来的科罗娜啤酒瓶中，一边轻轻地点了点头。

"明白了。今天温柔地对待你。"

远藤早纪是我大学毕业工作后交往的第一个女朋友。个子小小的，娇媚可爱，体型和萌枝形成鲜明的对比。我心里想着，如果这样交往下去应该会结婚吧，她却突然提出了分手。据说半年里一直脚踏两只船。她说另一个男的（年收入比我多三成的贸易公司职员）先向她求婚，就决定断了和我的关系。

请你想象一下，周末时两个人还在约会，周二却被突然叫出去，被对方通知分手，那是一种什么心情啊！我简直心如刀绞，对她的爱恋一扫而光。你啜着墨西哥产的啤酒，冷静地听着。

"这也没有办法啊。无论男人还是女人，都会变心的。恋情突然结束的话，总会有人受伤。不过，这样不也挺好？那个女人也不是什么正经的人，一直脚踏两只船。算了，说不定这样也不错。"

这话不知是安慰还是羡慕。见我精神萎靡，你接着说：

"不结婚不也很好吗？才25岁啊，将来还有数不清的机会呀。一直在这里喝啤酒好无聊啊，换个地方喝吧。"

我正磨磨蹭蹭的时候，你又说：

"反正我请客。这附近有家不错的居酒屋。"

我们进了下北泽小巷子里的一家料理店。你点了烧酒冰镇威士忌，我虽没有喝酒的兴致，但也点了杯酸橙鸡尾酒。你没看菜单就对吧台里的老板说：

"要自制的萨摩油炸鱼肉饼、带壳烤蚕豆、芝麻豆腐、牛油果和苋菜沙拉，还有明太鱼油炸饼。"

似乎是经常点的套餐。我小声说：

"点这么多菜干什么呀。我只是想有人陪着喝杯酒。"

你朝我挤了挤因通宵喝酒而微肿的眼睛。

"他人的不幸是蜜糖。最新的失恋话题,就好比最高级的牛排。比起一起消沉下去,隆介还是开开心心地一笑了之更好吧。或者,从现在起切换到通宵模式。"

我无法想象你安静的样子,苦笑着说:

"不,这样就行。"

端上来的食物被你"嘎吱嘎吱"一扫而光。我依然没有食欲。

"你可真能吃。"

"那当然啦。失恋那种蠢事没发生在我身上,又刚熬了通宵,肚子肯定饿啊。你不尝尝这个明太鱼油炸饼吗?不加调味汁直接吃就很好。"

我一口吃掉一块松脆的油炸饼。舌尖感受到了滚烫的食物。若在平时我肯定会说"太好吃了,再来一份吧"。我冷静地用大脑分析了食物的味道,但也不知道是不是真的好吃。

"你已经不想和她重归于好了吧?如果这样的话,一切就都清楚了。时间会帮我们解决所有失恋的痛苦。等你恢复了元气，再找下一个就好啦。"

你从烤焦的壳上取出烤好的蚕豆，连皮一起放进了嘴里，一边在舌尖上转动着蚕豆，一边说：

"嚼着热乎乎的食物，再喝一口冰镇威士忌。这真是人间美味啊！"

素颜的你漫不经心地冲我笑着。

"光说我的事情了。萌枝你怎么样呢？"

"什么怎么样？"

"你的恋爱故事啊。"

冰镇威士忌喝光了，被切割成圆形的冰球在杯子里滴溜溜地转着。

"要我说呀，人们做事都有合适与不合适。这个世界上有适合恋爱的人，也有不适合恋爱的人。我肯定是不适合的人。所以，我也不准备为恋爱费神了。"

你眼睛看着远方，好像要看尽自己的过去一般。接着你好像发现了什么似的放大声音说：

"再来一杯一样的，还有一份烤猪肉芝麻包菜。"

"什么啊，又加菜啦？"

我那天晚上第一次笑了。虽然只是微微一笑，却是四天来的第一次，算是非常新鲜的体验。在我心底涌起一丝快意，痉挛般呼出的气息拂过喉咙、口腔和嘴角，令人感到十分舒适。笑是一个高度理性的动作，没有会笑的猴子，也没有会笑的狗。我终于感觉自己又活了过来。

"这不是精神了嘛。那么，使劲儿喝吧。"
"好呀。"

我也换成了冰镇威士忌，踏踏实实地喝了起来。看了一眼手表，还不到8点。周六的夜还很长。

我忘记了酒有跨越时空的作用。像胡乱剪辑的电影一样，等我回过神来的时候，发现已经到了店铺结束营业的时间——凌晨四点。直到两个人的钱包都空了，我们才从店里出来。你醉了，醉到无法直行。我身高接近一米八，但你也有一米七，身形也说不上苗条。

我扶着你的肩膀，在天近拂晓的下北泽的小巷子里踉跄地走着。

"再去喝一杯吧？"
"不行，回去吧，我已经不行了。"
你抬起头，望着我。
"你是修次吗？"

是我不认识的男人的名字。脚下摇摇晃晃的。

"不是，是我，隆介。"

"啊，是隆介啊，小时候分明是个爱哭鬼，还经常尿裤子，现在却出人意料地出落成一个好男人的样子啦。"

"要你管。回公寓吧。"

下一瞬间，你边走边呼呼大睡，就像梦游患者一样。我也是第一次和一个睡着的人一起走路。我们走走停停，也就用了7分钟左右就到了你的住处。我从你休闲装的口袋里拿出钥匙，穿过自动门，走在空无一人的走廊上。

我的体力也渐渐不支了，让你靠在钢制的防火门上，你的双脚好像也没有力气了。在开门的空档，你已经跌坐在地上。我像搬运死尸一样，将两手放在你的腋下，连拖带拽把你拖到了屋里。在卧室里帮你脱了鞋，又抱着你的身体，总算是把你放到了床上。

你睡着了，两腿间缠着夏凉被。我坐在地板上，背靠着床垫，看着你毫无防备的睡颜。虽然身材丰腴了一点，但你的脸还是小时候的瓜子脸。当和老师的意见不一致时，你只要认为自己没有错，就绝对不会让步。我至今仍然记得你把刚从师范大学毕业的新老师弄哭时的情形。那时的你是小学四年级的学生。

我们幼儿园、小学、初中一直在一起。只有高中在不同的学校,然后又在同一所大学偶然重逢。虽然惊讶,但我们彼此都没把这当作浪漫的巧合。你的刘海儿垂在了嘴角。你边睡边烦躁地拨开了它。我伸出手,将剩下的几根黑发从你脸上拿开。中学时代的你,在班里大概是第二、第三可爱,因此意外地很受男生的欢迎。我的朋友中就有几个家伙说喜欢你。过了十几年之后,你却变成了这样一个全然不在意男人眼光的"不适合恋爱"的女人。这未免有些不可思议。我盯着你酣睡的脸看了一会儿。

你的屋子与其说是女孩儿的闺房,不如说更像备考生的房间,根本没有可爱的饰品、海报和画。地板上堆满了书。看那些书的封皮,没有一本爱情小说,全是历史书和海外的推理小说。这也是中年男人的趣味。

我最后看了看你微微张着嘴睡着的样子,离开了你的房间。

睡梦中响起的手机铃声，就像一颗电子炸弹。周日的中午，我心惊肉跳地被炸醒了。

"喂，至少帮人家把牛仔裤脱掉吧。"

是你的声音，不知道你在说什么。我睡不够八个小时，脑子就完全不转动。

"牛仔裤怎么了？"

"就是说啊，那个牛仔裤太紧了，我受不了。勒得肚子不舒服，所以做了奇怪的梦，腰线上还留下一条奇怪的印儿。"

我终于从自己的床上坐起来。

"是萌枝你的错吧，硬要穿紧身的牛仔裤。我总不能趁着女孩子睡着了，脱人家的牛仔裤吧。"

"你明明就没把我看作女人。啊，好痒！"

传来沙沙的声音，肯定是你在挠肚子。我不由得笑出声来，说道：

"喂，反正萌枝今天也没有约会。我们去吃早午饭吧？"

有一瞬间令人尴尬的停顿。我竖起耳朵听着，你说道：

"随便，能不能别装腔作势地说什么早午饭。

要是午饭的话，我就一起去吃。"

"明白啦。那咱们去吃午饭吧。"

见面的地点还是那家开放式咖啡店。我说："这附近好像也没有更好吃的地方了，凑合着在外面那家店吃吧。"

最终，我们在星期天的傍晚会合了。沐浴着和昨天一样的夕阳，虽然走在小巷里的人们与昨天的不同，感觉却像是雇了同一批群众演员。你见到我，先开口了：

"这么时髦的衣服，在哪里买的？"

我并不觉得有什么时髦的。白色的棉布长裤配滚边衬衫。因为晚上天气凉了，加了件淡蓝色的棉夹克衫。裤子和衬衫都是便宜货，只有夹克衫是意大利的。

"你才时髦呢，这身休闲装在哪里买的？"

你像是受够了牛仔裤，这次上下都穿了亮闪闪的蓝色缎面的休闲运动装。

"涩谷的彪马。"

我们在咖啡店小坐之后，又去了下北泽的意大利餐厅。这家餐厅的沙拉、凤尾鱼意面都很美味，比萨也就是平均水平。从我个人的喜好来说，饼皮未免太厚了。昨晚喝了烧酒，今天喝白葡萄酒和红葡萄酒。这个瞬间，我很庆幸生在日本。

接连两天都喝了酒，明天还要上班，所以那天我们在午夜12点就结束了。在送你回家的路上，我竟然也敞开了心扉。

"失恋不到一周我就释然了。多亏萌枝你，我心里的痛苦消失了呢。"

你大步向前走着，说道：

"隆介不是在女人堆里长大的嘛。跟女人在一起就一定会心情平静的。即便没有我，只要有人倾听你的失恋故事，谁都可以的。"

你宽阔的背影看上去有些落寞。黑暗的小路上一个人影也没有。

"没有的事儿。如果不是萌枝你，我不可能这样自由自在地聊天，也不会有人拿出这么长时间来陪我。"

"好吧，我没有男朋友，也不是那种整天和女性朋友缠在一起的类型。或许恰好适合陪伴消沉的隆介吧。"

公寓明亮的入口看起来就像夜晚的灯塔一般。

"去喝杯咖啡怎么样？不用担心，我什么都不会做的。"

我不由得笑了。你似乎很紧张。这场面令人想到了那些嘴上说着"我什么也不会做的"，转身就带女孩子去宾馆开房间的男人们。

"不了吧，已经看到房间了，明天还要早起，算了吧。"

我无趣地点点头。

"明白啦。"

注意到你一脸无所谓的神情，我不由得说：

"不提这个了，反正下周你也没有约会，我也有空，下次我来请客去吃点好吃的吧。"

"这算是约会吗？"

"去吃点喝点，也算约会吗？"

你回过头来，未加修饰的脸上露出了灿烂的笑容。这笑容照亮了这个深夜的小角落。

"哈哈哈，被男人邀请下周约会，对我来说可是三年来第一次呢。"

"三年都没有过吗？"

在我惊讶不已的时候，你快步向自己的公寓走去。背后传来你的声音：

"再见,下周见。"

从那以后,每逢休息日我们就约会。

下一周约在了位于汐留的意大利餐厅。这是一家高雅的餐厅,有美丽的夜景、精致的前菜和需要提前做功课的葡萄酒单。穿牛仔裤和休闲装到来的你,看到那些穿着打扮像是参加结婚典礼的女人,不禁瞪大了眼睛。因为我说在新桥,你就以为是烤鸡肉串店。

西班牙菜、法国菜、旋转寿司和天妇罗。与一般情侣看电影和购物不同,我们的约会以品尝豪华大餐为主。第一家餐厅由我请客,第二家酒馆你请客。我把自己和朋友们推荐的饭店都倾囊拿出,你带我去的酒吧和居酒屋也都相当不错。我的手机里现在还存着西麻布那间香槟酒吧的电话号码。

几次约会后,你的衣着不再是牛仔裤和休闲装,而是变成了上班穿的黑色或藏蓝色的制服套装。你虽然有些嗜酒,但毕竟才二十几岁,身材还没有变形,所以身材高挑的你很适合穿修身的制服。

就这样,有时一个月约会超过5次。

是维持现状保持距离,还是意识到已经陷入爱情中仍继续接近呢？我们必须要做出抉择了。

我沿着灰暗的人行道向十字路口走去。透过右侧的树木，可以看到红色的霓虹灯招牌。走下混凝土铺就的楼梯，眼前是一个宽敞的地下平台。几对情侣正在喝茶。

餐厅的门是厚厚的玻璃门，里面站着几位外国服务生。待我走近，服务生微笑着打开门。

"晚上好。我已经预订了餐位。"

餐厅里光线很暗。不知是不是时间还早的缘故，大厅里的圆桌基本都空着。外国服务生将我带到窗边的特等席。这张桌子能完美看到地下平台和平台中央种植的一棵树——樟树。这时，只见一名女子从宽阔的楼梯上飞奔而来。高高的个子，膝盖以下的线条非常优美。穿着一件雪纺裙，裙裾飘曳，脚步有节奏地踏在楼梯上。烫成大波浪的秀发齐肩。大步横穿过平台。啊，好奇怪！这个穿裙子的女人竟像极了你。

在女子进门的那一刻，我的疑惑变成了确信。不知为何，你今天没穿平时的西服套装，以一袭女人味儿十足的装束出现了。看着你穿过空桌子向这边走来，我目瞪口呆。

你的头微微前伸，站在了我的面前。两脚用力地踩着一双高跟鞋，你气鼓鼓地说：

"不准嘲笑别人的努力。如果你拿卷发和连衣裙开玩笑的话，我马上就回去。"

服务生微笑着，就像在看一部搞笑的电视剧，手一直按着椅背。你一入座，椅子就被轻轻地推了进来。你没看菜单，说道：

"不管怎么样，先点香槟。"

至于我们在那家店里聊了些什么，我全部忘掉了，只记得我疲惫不堪。按照你的郑重提醒，我避开了一切危险的问题。为什么突然换了发型，为什么烫了如此浪漫的竖卷波浪，为何穿了透明材质的夏装，为什么长筒袜是黑色网袜？我如暴风雨中的云朵般拼命压抑住脑海中奔涌而来的疑问。

我记得只出现过一次失误。那是我不小心说漏了嘴。

"萌枝，难不成你今晚化妆了？"

你喝光了几杯价格高昂的香槟后，狠狠地瞪着我。

"化了呀。不好吗？人家努力化了妆，你不要把人看低贱了。"

我把视线移开，请帅气的服务生再为你上一杯香槟。

我们计划去的第二家店是在代官山的一个酒吧。

步行大概只需要 10 分钟。不知为何，你总是走在我前面，好像不情愿被我看到你的脸似的。这期间，我看到了你优美的小腿和遮到膝盖的摇摇晃晃的裙摆。远处酒吧的霓虹灯映入眼帘。在已经关门闭店的室内装饰店的橱窗前，你忽然停下了脚步。从你宽宽的背部我能感受到你已经做好了某种思想准备。

"我今晚是非常认真的。尽管如此，你却一直嘲笑我。隆介你真是个失礼的家伙呀！我就这么奇怪吗？"

你回过头，从上往下盯着自己的裙子看。

"没有的事儿。裙子非常适合你，萌枝你的身材很好。只是见你忽然换了女性化的服装，我感到有些吃惊罢了。我心想是不是发生了什么事呢？"

"算了吧。不用勉强自己赞美我，反正我也不适合恋爱。"

说完，你劈开腿一屁股坐在大厦前的白色大理石台阶上。这坐姿就连大腿根部都能看到，你却毫不在意。我移开视线，坐在你的旁边。

"我大学四年里一直和一个比我年纪大很多的人交往。"

第一次听你说起自己恋爱的话题。你用和在下北泽喝得醉醺醺的那个夜晚同样的目光盯着远方，望着马路对面。我只是点了点头。

"那人40多岁，结婚十几年了，有两个上小学的孩子。"

我又不小心说漏了嘴：

"是婚外情吗？"

"不要再说这个词。我是认真的。不是自夸，对方也是认真的。"

我想起那晚那个被叫错的名字。

"那人叫修次？"

"你怎么知道的？就是那个人。他对妻子提出分手，结果引起了轩然大波。他的妻子甚至闹到我的老家，简直是一地鸡毛。和隆介不同，和他分手后，有半年的时间我都没笑过。"

我什么也没说，只是看着市中心空旷的街道上飞驰而过的出租车的车灯。

"是吗？"

"嗯，三年前他47岁，现在应该50岁了。我最近还常常想，他变成什么样子了呢？"

你25岁，那个男人的年龄刚好是你的两倍。

"不要说谁是谁的两倍那种话。"

我慌忙点头。你定定地看着我，说道：

"喂，我还记得幼儿园时的游戏。叫作魔法按钮的那个。"

我当然也记得。虽然是从幼儿园开始玩的，但上了小学后班里也经常玩。你伸出长长的手指触碰我的右肩。你轻轻地触碰，甚至让人连一根手指的重量都感受不到。

"从现在开始，隆介当透明人吧。我就当面前一个人都没有，请静静地听我说。这次，隆介被甩了，我们也都约了好几次会。我有生以来还是第一次和同龄人交往。所以我这样想，这是上天给的机会。为了以后能和年轻男人约会，请允许我用一个失恋的男人来帮自己做康复性训练吧。"

成为透明人的我仿佛麻木了一般，什么话也没有说。你抬头看着马路对面明亮的夜空。清澈的目光里饱含着爱上某个人的痛苦和憧憬。

"真正尝试过之后，我感到非常快乐，后来就陷进去了。每次我都告诉自己这只是练习罢了。隆介恢复了元气，怎么说呢，会和娇俏可爱的女孩子交往。我一直这样劝自己。"

你哈哈大笑起来，就像一个得意洋洋的男孩子。

"但是，我失败了。明明不想把隆介当男人看的，可还是完全做不到。这次，我鼓起勇气穿上有女人味的衣服，就是想让你不要把我当成休闲装素颜的酒友，而要当作女人看。我化妆很糟糕，对时尚也完全不懂。但是，想让你看到作为女人的我呀。"

你突然站起来。拍了拍裙子，对着夜空踮了踮脚。

"但是，看到隆介我就明白了。隆介既没有把我看作女人，也没有意识到我是个女人。没关系啦。今晚给你自由。你看起来已经恢复元气了，让我们把今晚当成最后一次约会吧！我一按按钮，我们就把刚才的话全部忘掉，变回两个男发小。以后再也不准提起这件事啦。"

你转过头，把手指搭在变成透明人的我的右肩上。我也站起身，把手放在低着头的你的左肩上。

"这一次轮到我来按摩法按钮了。从现在起你变成石头了。无论发生什么都不能动。"

我用双手从身后抱住你，把手环在你柔软的腰上。你焦急地想要转过身来。我激烈地说：

"石头不准动！"

你惊讶地哆嗦了一下，身体变得僵硬。

"萌枝，我也一直想着同样的问题。但是，我们认识二十年了，反倒成了障碍。事到如今，怎样才能说出'请和我交往吧'这样的话呢？你知道我分手的所有女朋友，我也觉得不安得很呢。还愿意给我机会吗？"

我的手感觉到你的腹部随着呼吸缓缓地起伏。这块石头有温度，也会呼吸。既会因为化妆失败而烦恼，也会因为喜欢上什么人而喜悦。这是一块非常情绪化的有魅力的石头。

我松开手，绕到你的面前。拂起你烫过的刘海儿，露出你的额头。

"萌枝，你现在还是石头呢。"

我轻轻地吻了你的额头。你的身体依然僵硬，但泪水盈满了眼眶。我把脸靠近你的左肩，在你耳边悄声说：

"魔法按钮解除了。你可以动了。"

你像扑向猎物的雌狮子一样紧紧抱住了我，在我耳边小声叫着：

"早知道这样的话，该让你先说了，害我各种担心，我吃亏了呢。啊，好开心啊！"

一对年轻的情侣走了过去，含笑看着我们。

我拼命挣脱你的身体。你迅速收起泪水，又像个男孩子般笑了起来。

"也并没特别胆怯，这样不也挺好吗？我们直接去旅馆吧，怎么样？你说呢，隆介，你不喜欢吗？"

刚刚那个可爱的女孩去哪里了？你的心情总是难以预测。

"别开玩笑了，刚告白成功。男人也是很细腻的。今晚还是去约好的酒吧吧。和萌枝要好好策划一下下次去哪里旅行吧。"

你两眼放光地说：

"好呀！能去旅行也不错。"

"不要说旅馆了。如果再说，我就按魔法按钮，一晚上都把你扔在这条街上。"

我们朝着酒吧霓虹灯的方向走去。你贴在我背

上说:

"喂,你生气了吗?刚才白说了那么多甜言蜜语。喂,隆介。"

我佯作生气地快步向前走。你跑着追过来,挎住我的胳膊。我们就一直依偎着走在夏夜的路上。

之后去了哪里,就全凭大家想象了。

有一个提示:我俩直到早上还一直在一起。又是酩酊大醉。

总之,第二天天亮的时候,我们都非常幸福。

后记

本书是我出版的第十本短篇小说集。

呀,真是可喜可贺。就连我自己都吃了一惊。

自踏入文坛以来,我已经写出超过一百篇短篇小说了。仔细想来,我写过各种各样的普通故事。除此之外,还写过一些不寻常的故事。自己心里的素材都掏空了吧?有时,我会萌生这样的念头。

然而,时至今日,我依然每个月都有短篇问世。

这不仅仅是作为专业作家的本分,更重要的因素还是因为喜欢短篇小说的创作过程——从构思到决定场景,再到设定人物,及至一行一行的文字在笔下流淌。作家与小说的交往,与人与人之间的交往有异曲同工之妙:长篇是一路风雨同舟,亲热交谈,而短篇则是时间短暂且淡然。

各位读者,您会选择与谁为友呢?一个是经年累月进行刺激的冒险旅行,一个是只在闲暇时追寻没有压迫感的、令人心情愉悦的度假地。显然，在现实生活中，后者更轻松愉快。

最终，或许还是短篇小说更适合我这个体力不足的人吧。如今，我每次执笔还是感到新鲜不已，每当将一点一点新的尝试用于创作之时，仍然有难以名状的快乐。记得第一次应小说刊物之约写稿的时候，我就感受到短篇是非常适合我的体裁。从那一刻起，我虽屡屡因为自己的不才而遗憾，但也在写作的道路上一路耕耘。

本书收录了我诸多文集中的多篇短篇小说。

与其他行业并无二致，出版界也不景气，为了提高短期销售量，会经常举办作家见面会。读者如果发现我经常现身的话，那一定是我比较好说话的缘故。拒绝别人，让别人失望，这是我不擅长的。

与时代相契合的，是悠然注视这个时代的小石子。而短篇，正是这样的存在。物质极大丰富的时代，更需要精神的自由和充实。

下面，谨向为本书的出版付出心血的人士致以谢意。

角川书店的松崎夕里女士，产假辛苦了。您生子的素材，我一定会用在下一部作品当中。负责装帧的铃木久美女士，您设计的文字非常雅致，无人能及。

最后，我可以自信地用一句并没有根据的话为这本书画上句号：

"无论时代如何变迁，读书的人不会沉沦。"

期待与您在下一本书中重逢。

写于一个如夏花般绚烂的四月午后

石田衣良